# 활빈 1

# 서문

진지한 실존적 선택으로 소설가의 길을 걷겠다 결심한 게 2010년 겨울이었다. 그 이전에도 소설을 써보고 싶다는 희망을 품곤 했지만, 구체성이 결여된 그저 꿈이었다. 첫 연구년을 앞뒀던 그해 겨울, 비장한 마음으로 좁은 방에 스스로를 가뒀다. 꼬박 한 해를 원고지에 바치며 뒤늦은 습작기를 초고속으로 거쳐야만 했다.

이후 작품은 쌓여갔지만 등단은 아깝게 불발됐다.

2017년 〈신동아〉에 소설을 연재하며 세상에 작가 명함을 내밀게 됐는데, 그 가운데 일부가 〈고전환담〉이란 제목으로 출간됐다. 늦었지만 아주 늦지는 않은 순간, 나는 다시 책상머리에 소설가로 앉게 됐다. 당시 권재현 기자님과 김현미 편집장님께 고마울 따름이다.

〈활빈〉 시리즈는 우연히 〈신동아〉에 실린 글을 읽은 터치스카이 박인택 대표님과의 만남으로 기획됐다. 영화 또는 OTT 드라마를 염두에 둔 오리지널 스토리로 구상됐다는 뜻이다. 그 교감이 없었다면 이야기는 시작되지 못했을 것이다.

이 작품의 기본 뼈대는 〈홍길동전〉으로부터 왔지만, 작품화 과정에 많은 변형을 겪었다. 전체적 설정은 청소년 소설 문법을 따르되, 원전에 없는 다양한 캐릭터들을 추가로 만들어냈다. 허균의 친구로 나오는 주인공 홍길동부터 완전히 새롭게 창조된 인물이다. 젊어서 요절한 허초희는 용맹한 여걸로 재창조됐다. 나머지 초능력을 지닌 인물들은 허균이 남긴 전 작품들 속에서 영감을 얻어 만들어졌다. 실제 역사와 허구를 오가며 펼쳐지는 활극을 넉넉한 마음으로 즐겨 주시기를 바란다.

십대 허균과 허초희를 중심으로 전개되는 이 새로운 판타지 세계관이 독자들 마음에 가닿기를. 실존 인물 허초희의 삶을 의도적으로 구부려 전혀 새로운 초희를 만들어냈는데, 그렇게 한 애도의 마음 역시 독자들 가슴에 온전히 전해지기를.

끝으로 출판이 호황인 적이 없었지만 유달리 불황인 시절, 이 작품에 애정을 놓지 않고 출판까지 감행해 준 박길수 대표님께 다정한 감사의 인사를 전한다.

2025년 10월
모락산 자락에서

## 차례

서문 • 5

기이한 만남 • 9
무륜당 • 18
그림자 인간 • 28
배오개 점령 • 41
독살범 • 56
초희 • 74
비밀장부 • 89
형제애 • 104

화마 • 117
원로회 • 137
충돌 • 149
변체술사 • 163
악의 소굴 • 183
경복궁의 두 임금 • 202
왕비 • 219
백운대 혈전 • 231
홍길동의 탄생 • 249

활빈 1

# 기이한 만남

누군가를 만난다는 건 다른 세계 하나가 열리는 것이다. 십대의 허균에게 그 일이 벌어진 늦여름의 어느 날도 마찬가지였다. 멀리서 삿갓을 쓴 덩치 큰 사내 한 명이 자신을 향해 다가오는 모습을 물끄러미 바라보던 그의 마음은 이상하게 흔들렸다. 상대는 너무 느리지도, 그렇다고 너무 빠르지도 않게 천천히 걸어오고 있었다.

"평범한 삶이란 얼마나 따분한 것이냐? 아니 그러하냐?"

사내는 허락도 없이 균의 옆자리에 털썩 주저앉으며 속삭였다. 저물녘 바람이 전라도 변산 앞바다로부터 세차게 불어왔다. 균은 대꾸하지 않았다. 바다와 하늘을 진분홍색으로 물들인 석양이 침묵만큼이나 무거운 어둠이 되어 차분히 가라앉았다.

"뉘신데 이 시각 변산 바다를 찾으셨습니까?"

균이 속으로 상대의 나이를 헤아리며 물었다.

"남궁두라 한다. 온 세상 멋대로 떠도는 도사라고나 할까? 네 녀석 이제 열예닐곱 살쯤 됐던가? 좋은 나이다. 내 너보단 꽤 늙었으니 사형이라 불러도 좋다!"

균은 상대의 나이를 짐작하긴 어려웠지만 보통 사람이 아닌 건 분명했기에 고개 숙여 예의를 갖춘 뒤 물었다.

"사형이라 함은 같은 스승을 뒀을 때야 가능한 호칭이온데, 혹 우리에게 그런 인연이라도 있었다는 뜻입니까?"

상대가 천천히 고개를 옆으로 돌려 균을 노려보았다. 그 얼굴을 살핀 균은 숨이 멎을 듯한 두려움에 사로잡혔다. 희미한 달빛에 드러난 남궁두의 얼굴에선 살아있는 사람의 따뜻한 기운이라곤 찾아볼 수 없었다. 그의 표정 없는 눈빛은 균의 얼굴을 꿰뚫고 더 먼 어딘가를 바라보는 것 같았다. 남궁두가 벗은 삿갓을 거꾸로 뒤집어 해변 모래밭에 꽂더니 바람에 펄럭이는 긴 머리카락을 추스르며 속삭였다.

"봉은사 일을 새카맣게 잊었더냐?"

다섯 살 무렵, 균은 둘째 형 허봉 손에 이끌려 처음으로 한양성 밖을 구경할 수 있었다. 그들이 도착한 곳은 한강 남쪽의 이름난 큰 절인 봉은사였다. 불교에 깊이 빠져 있던 둘째 형 봉은 유난히 호기심 많고 영특했던 어린 아우에게 친한 스님 한 분을 소개했다. 사명당이라는 유명한 분이었다.

사명당은 법당 뜨락 한가운데 우뚝 선 채 균을 물끄러미 내려다보다가 봉을 향해 입을 열었다.

"아들처럼 아끼는 친동생이라 그랬나? 재주를 타고나기는 했는데, 그 재주가 수명을 끊는 형국이구먼."

당황한 기색이 역력해진 봉이 아우의 등을 어루만지며 속삭였다.

"다시 살펴봐 주시게! 우리 양천 허씨 가문의 보배일세. 재주가 너무 지나치다면 조금 줄이면 될 일 아니던가?"

사명당이 큰 소리로 웃고 나서 쩌렁쩌렁한 목소리로 외쳤다.

"균아! 날 보아라! 용이 되어 높이 오르려 말고, 낮고 낮은 웅덩이의 이무기로 살렷다! 할! 남을 도울 중 팔자도 아니니 붓이나 꺾지 말고 죽을 때까지 쓰고 또 쓰며 살거라!"

말을 마친 사명당은 가사 자락을 휘날리며 법당 쪽으로 멀어져 갔다. 그 모습을 멀뚱히 바라보던 봉이 허리를 굽힌 채 동생 귀에 대고 속삭였다.

"스님 말씀을 너무 깊게 새겨듣지는 마라. 사람의 수명은 하늘이 주지만, 하늘이 어디 한 군데만 머물러 있더냐? 금방 다녀올 터이니 예서 잠시 기다려라."

봉이 급히 사명당 뒤를 따라 법당 안으로 사라지고 나서 균은 홀로 절 섬돌에 걸터앉아 생각에 잠겼다. 형은 오래도록 돌아오지 않았다. 손가락으로 바닥에 태극 문양을 그리며 놀던 소년의 작은 몸 위로 갑자기 큰 그림자가 다가와 뒤덮었다. 그림자가 말했다.

"내가 너의 수명을 늘려줄 수 있다."

균이 고개를 들어 그림자를 만든 이를 올려다봤지만, 해를 등지고 선 상대 얼굴은 검게 뭉개져 있었다. 검은 얼굴이 다시 말했다.

"너의 수명을 내가 더해 줄 수 있다. 그게 내가 제일 잘하는 일이다."

균은 빨리 고개를 끄덕여 목숨을 늘려 달라 간청하고 싶었지만, 어린 마음에도 그건 너무 비겁하게 느껴져 망설였다. 그사이 저만치에서 다가오는 형의 목소리가 들려왔다. 그림자는 거짓말처럼 순식간에 사라져 다시 나타나지 않았다.

"그 그림자가 도사님이셨습니까?"

균이 놀란 음성으로 물었다. 검푸른 변산 하늘을 수놓은 수많은 별을 배경으로 상대의 얼굴이 위아래로 두 차례 까닥댔다.

"그렇다. 당시 난 막 출가한 수행자로서 봉은사에 머물고 있었다. 절로부터 계를 받지는 못했으니 정식 스님은 아니었다."

균이 다시 물었다.

"저는 그날 둘째 형님 손에 이끌려 법당까지 들어갔었습니다. 사명당께 제자로서 절을 드리고 나왔던 기억이 아직도 생생합니다. 그것도 다 보고 계셨던 겁니까?"

남궁두가 가늘게 웃음소리를 냈다. 그의 몸은 조금씩 번져 밤의 일부가 되는 듯했고, 달빛을 반사해 빛나는 눈동자는 별들과 구별하기 힘들었다.

"난 그림자에 몸을 숨기거나 아예 그림자로 탈바꿈하는 둔갑술을 할 줄 알았다. 꼬마였던 네게 흥미를 느껴 내내 지켜보고 있었지. 나 역시 사명당 아래에서 중이 되고자 기다리던 불제자였으니, 그때 우린 사형과 사제로서 엮이게 된 셈 아니더냐?"

크게 고개를 끄덕인 균이 바람에 이리저리 나부끼는 상대의 머리카락을 바라보며 서둘러 물었다.

"그런데 끝내 계는 받지 못하신 겁니까?"

남궁두는 오래도록 대답하지 않았다. 균이 답을 얻어내기를 포기하려는 찰라, 신음 같은 목소리가 울려 퍼졌다.

"계가 어디 스승 한 명이 혼자서 내릴 수 있는 것이더냐? 여러 명의 스님이 조직을 만들어야 가능한 일이다. 천축국 말로 상가라 부르지."

"스승이신 사명당께서 상가를 만들지 못하신 겁니까?"

"나 같이 비천한 놈에게 계를 내리길 아무도 원치 않았다. 상가를 만들 수 없었다. 그러다 정처 없이 떠도는 도사가 되고 말았지. 계는 내게 사치였다."

균은 바다를 바라보며 골똘히 생각에 잠겼다. 마침내 그가 천천히 물었다.

"그 일은 더 묻지 않겠습니다. 하지만 궁금합니다. 왜 지금 제 앞에 또 나타나신 겁니까?"

남궁두가 균을 그윽이 바라보다 대답했다.

"너의 수명을 늘려주기 위해서다. 예전에 약속하지 않았더냐?"

"그게 왜 하필 저입니까? 꼬마일 때 한 약속 따위에 연연할 분은 아니신 듯합니다. 왜 저인 것입니까?"

몸을 살짝 굽힌 남궁두가 낮은 목소리로 속삭였다.

"사명당이 오래전 내게 말했었다. 네 녀석 관상이 기묘하다고. 천하의 반역자 상이 틀림없는데, 그게 또 달리 보면 나라를 세울 상이라고."

균이 놀란 표정으로 되물었다.

"나라를 세운다고요?"

"그렇다! 기왕 수명을 보태줄 거라면 너 같은 녀석에게 해주고 싶다. 그게 나라가 됐든 뭐가 됐든 크게 만들어 보거라! 난 널 지켜봐 왔다. 무륜당 패거리의 우두머리가 너 아니더냐?"

상대를 노려보던 균의 표정이 차츰 일그러졌다. 튕기듯이 일어나 몇 걸음 물러선 그가 외쳤다.

"다들 나와라! 아무래도 이자가 포도청의 첩자 나부랭이 같다."

균의 말이 그치자마자 해변 곳곳에 몸을 숨기고 있던 젊은이들이 하나둘 모습을 드러냈다. 그들을 느긋하게 둘러본 남궁두가 나지막이 말했다.

"며칠 전부터 여기 모여 무예를 익히던데, 어디 실력 좀 볼까?"

균이 품에서 단검을 꺼내며 말했다.

"그림자에 몸을 숨긴다는 말을 증명하지 못한다면, 도사님 목숨은 여기서 끝이오."


몽둥이와 검으로 무장한 젊은이들은 남궁두를 둥글게 둘러싸고 포위망을 좁혀왔다. 모래가 묻은 삿갓을 툭툭 털어 도로 머리에 쓴 남궁두가 균을 향해 물었다.

"의심이 꽤 많구나? 꼬마 때 기억이 제대로 나긴 났던 게냐?"

몸을 낮춰 주변을 경계하며 균이 대답했다.

"만사 불여튼튼 아니겠습니까? 어릴 적 제 모습을 아시는 게 분명하지만, 어쨌든 우리 조직을 몰래 엿본 것도 분명한 사실이니까!"

뒷짐을 진 남궁두가 천천히 입을 뗐다.

"네 녀석이 아직 어리긴 어리구나. 내가 만약 관청에서 보낸 첩자였다면, 과연 혼자 왔겠느냐? 관군들이 벌써 이 주변에 쫙 깔려 있지 않겠느냐?"

그 말이 채 끝나기도 전에 손가락을 입술로 가져간 균이 휘파람을 불었다. 그러자 복면을 한 젊은이 한 명이 공중제비를 넘으며 나타났다. 균이 그와 귓속말을 나눈 뒤 남궁두를 향해 말했다.

"우린 관청에도 연줄이 많습니다. 오늘 저녁 이 지역 관군들에게 발동 명령은 없었다는군요."

남궁두가 말없이 미소 지었다. 균이 그 순간 손을 들어 공격 명령을 내렸다. 포위는 순식간에 더욱 좁혀졌다. 몽둥이와 검들이 잠시 전까지 남궁두가 서 있던 공간에서 서로 부딪혔다. 젊은이들이 당황해 급히 무기를 뒤로 물렸을 때, 그림자가 되어 몸을 감췄던 남궁두가 균 바로 앞에 출현했다.

"균아! 아직도 날 의심하느냐?"

균은 본능적으로 검을 휘둘렀다. 홀연히 사라진 남궁두는 모래사장에 드리운 검은 그림자로 변해 꿈틀대며 움직였다. 놀란 채 그 모습을 바라보던 균이 손을 들어 공격을 멈추도록 명했다. 사방에 갑작스레 정적이 찾아왔다.

"도사님을 믿겠습니다. 이제 다시 나타나시지요!"

균의 외침에 따라 남궁두의 몸이 다시 백사장 위로 형체를 드러냈다. 균이 물었다.

"햇빛이 비치지 않는데도 그림자로 둔갑하시는군요?"

남궁두가 유유히 균 앞으로 걸어오며 대답했다.

"빛이 있건 없건 난 그림자처럼 살아온 인생이다! 내가 곧 그림자다!"

균이 떨리는 음성으로 말했다.

"산채로 모시겠습니다. 저희 무륜당 소개도 올리도록 하지요."

# 무륜당

변산 내소사를 거쳐 직소폭포 인근 바위굴에 도착한 허균 일행은 남궁두를 자신들의 은밀한 소굴인 산채의 가장 깊은 곳으로 안내했다. 습기 탓에 굴 천정에선 가끔씩 물방울이 비처럼 떨어져 내렸다. 균이 물었다.

"저희에 대해선 어떻게 아시고 여기까지 오신 겁니까?"

촛불 빛에 드러난 남궁두의 얼굴은 생각보다 부드러운 인상을 자아냈다. 이국적인 갸름한 두상에 까무잡잡한 피부와 살짝 굽은 매부리코는 서역 사람 느낌마저 불러일으켰다. 남궁두가 수염을 쓸어내리며 대답했다.

"꽤 긴 얘기니라. 들어보겠느냐? 난 지난날의 잘못을 참회하려 승려가 되고자 했었다. 그게 끝내 좌절되고 나니 삶의 의미를 송두리째 잃어버리게 되더구나. 사명당은 언젠가 내가 세상에 쓸모 있을 날이 올 거라 말했었다. 그날을 무작정 기다렸건만, 세상엔 아무 일도 일어나지 않았지. 지치고야 말았다!"

"그래서 절 떠올리신 겁니까?"

천천히 고개를 저은 남궁두가 야릇한 미소를 띠며 대답했다.

"널 떠올린 게 아니다. 그냥 네 녀석이 내 삶에 다시 뛰어 들어왔다."

균이 고개를 갸웃하며 의심에 찬 눈빛으로 다시 물었다.

"다섯 살 때 봉은사에서 뵌 게 제 기억의 전부입니다. 그게 다가 아니었군요?"

고개를 끄덕인 남궁두가 진지한 말투로 속삭였다.

"예전 봉은사에서 말한 대로, 난 남의 수명을 늘려주는 재주가 있다. 사명당을 만나기 전부터 그 재미로 무료한 삶을 견뎌 왔었지. 내 마음대로 남의 수명을 마구 주무르다 보면 마치 옥황상제가 된 기분이 들었었거든. 그러다 승려의 길마저 포기하고 이리저리 천하를 방황하던 차에, 길거리에서 얼어 죽기 직전이었던 거지 한 명에게 심심풀이 삼아 삼 년의 삶을 내려줘 봤다. 녀석은 분발하여 강원도에서 나무를 베는 벌목장이 됐고, 결국 꽤 멋진 삶을 살아냈다. 난 내친김에 그에게 삼 년의 삶을 더 줘 봤지. 녀석은 결혼하여 자식을 뒀고 어엿한 가장이 되더구나. 그에게 삼십 년을 더 내려주고 한양으로 돌아오는 길에 결심했다. 아무에게나 내키는 대로 수명을 늘려주는 대신 사람을 가려서 그렇게 해 보자고! 내 삶은 비록 비천하지만, 누군가에게 엄청난 기회를 줄 수도 있겠다고! 그리고 내 재주가 어쩌면 세상을 확 바꿀 힘이 될 수 있겠다고 믿게 되었지."

"세상을 확 바꾼다고요?"

"그래! 나로선 불가능하지만, 누군가는 나 대신 세상을 근사하게 바꿀 수도 있지 않겠느냐?"

"어쩌다 그게 제가 된 겁니까?"

"처음에 난 덕이 높은 고승들의 수명을 늘려줬었다. 그들이 더 오래 살게 된다면, 만백성이 더불어 평등해질 미륵 세상을 만들어 주리라 믿었지. 내 예상은 보기 좋게 빗나갔다. 건강해진 그들은 오히려 교단의 권세에 더 광적으로 집착하더구나. 실망한 난 인품 높기로 유명한 관료들의 수명을 늘려줬다."

한숨을 내쉰 균이 팔짱을 끼며 몸을 뒤로 물렸다. 남궁두가 말을 이어갔다.

"그래! 너도 짐작하듯 또 실패였다. 한때 정의롭던 관료들은 노욕에 빠져 점차 타락해 당파 싸움에만 빠져들었다. 심지어 왕을 위협하면서까지 사리사욕만 탐하더구나. 그러다 우연히 숭례문 근처에서 벌어진 왈짜패들 간의 싸움을 목격하게 됐다."

한양을 휘어잡은 홍인문 쪽 왈짜패들이 숭례문에서 막 새롭게 활동을 시작한 신흥 왈짜패를 습격한 건 늦은 오후였다. 몸집이 왜소한 소매치기들로 이뤄진 숭례문 패거리들은 덩치가 큰 흥인문 패거리에 애초 상대가 되지 못했다. 한양 동쪽의 큰 시장들을 관리해온 흥인문 패거리들은 짐꾼들 출신답게 힘이 아주 셌고, 대궐의 하급 관리들과도 선이 닿아있기에 위세가 당당했다. 그들의 주먹에 숭례문 패거리들은 추풍낙엽처럼 나가떨어졌다.

싱겁게 끝날 것만 같던 싸움에 이상한 조짐이 나타난 건 한 초립둥이 때문이었다. 갓 소년티를 벗은 듯한 어린 초립둥이는 수세에 몰린 숭례문 패거리 편을 들며 싸움에 뛰어들었다. 상대를 얕잡아본 흥인문 왈짜패 한 명이 초립둥이의 발차기 일격에 속수무책 고꾸라지자 싸움 양상이 변했다. 덩치 큰 흥인문 왈짜들이 초립둥이를 힘들게 상대하며 기세가 꺾이자 도망가기 급급했던 숭례문 패거리들은 사기가 올라 반격을 시도했다.

힘에 균형을 이뤄 지루한 공방을 이어가던 두 패거리의 싸움은 초립둥이 세 명이 더 출현하며 순식간에 끝나버렸다. 전통 무예인 수박 기술을 익힌 초립둥이들은 고양이가 쥐를 다루듯 흥인문 패거리들을 가지고 놀았다. 덩치 큰 왈짜들을 모조리 거꾸러뜨린 그들은 성곽 근처 객점에서 붓과 종이를 빌리더니 '무륜(無倫)'이란 두 글자를 적어 길가 나무에 걸었다.

"그 싸움을 목격하셨군요?"

균이 흐릿한 웃음을 머금고 물었다. 탁자 위에 놓인 찻잔을 들어 한 모금 마신 남궁두가 맛에 만족한 표정을 지으며 대답했다.

"그렇다! 너희들이 나무에 걸어놓고 간 '무륜'이란 두 글자가 계속 마음속을 맴돌았다. 사람이라면 반드시 지켜야 할 도리인 인륜을 업신여기겠단 뜻 아니더냐? 젊은이들이 무슨 이유로 그런 과격한 생각을 했을지 자못 궁금했지. 해답을 찾는 데는 오랜 시간이 걸리지 않았다. 너희들 무륜당은 그 뒤로도 밤낮을 가리지 않고 신출귀몰하며 의적 흉내를 내더구나. 약자들을 괴롭히는 왈짜패들을 공격하더니, 급기야 포도청 감옥을 지키는 옥졸들을 때려눕히고 억울하게 관에 잡혀 들어간 죄수들을 풀어주기까지 했다. 결국 못된 어른들이 만든 잘못된 인륜을 바로잡겠다는 뜻이 아니었더냐?"

"맞습니다."

"무모하고 위험하지만 기특한 일이었다. 그 후로 난 너희 패거리의 우두머리를 찾아내려 동분서주했지. 마침내 그림자 둔갑술을 이용해 두령의 정체를 알아냈을 때, 가슴이 마구 뛰더구나. 바로 봉은사에서 만났던 그 꼬마, 바로 너였다."

균이 어깨를 쭉 펴고 낮고 조용한 음성으로 말했다.

"숭례문 싸움에서 홍인문 패거리와 홀로 맞섰던 초립둥이가 바로 접니다. 어려서부터 글공부에만 힘쓰라는 형님들 성화를 견디며 살아왔습니다. 하지만 가슴이 뜨겁게 태어난 걸 어쩌란 말입니까? 틈만 나면 가족들 몰래 집을 빠져나와 한양 도성 주변을 활보했습니다. 그러다 마음이 맞는 저 친구들을 사귀게 됐고, 그들로부터 수박 같은 격투술도 배우게 됐던 겁니다. 언제 한번 그 기술을 써보리라 벼르던 차에 숭례문 싸움에 끼어들었던 것이지요."

"그 싸움 전까지 너희 패거리들은 숨어서 무에만 닦았던 것이더냐?"

균이 고개를 천천히 저은 뒤 목청을 돋워 대답했다.

"그렇지 않습니다. 저와 만나기 전부터 이 친구들은 이미 무륜당을 만들어 활동을 준비하고 있었습니다. 세상의 불의를 다스리고 올바른 대의를 세우자는 한뜻으로 뭉쳐, 전국 팔도 곳곳 으슥한 곳에 비밀모임 장소인 산채도 짓고, 활동 자금도 꽤 모아놓은 상태였지요."

"그럼 네 녀석이 어쩌다 두령이 된 것이더냐? 싸움 기술로만 보면 네가 가장 하수였다."

균이 두 주먹을 불끈 쥔 채 타오르는 눈빛으로 대답했다.

"비록 우연이라 해도, 숭례문 싸움을 통해 조직이 본격적으로 활동하도록 만든 게 바로 저였습니다. 처음으로 무륜당 무리의 강령을 만든 것도 접니다."

"강령? 행동 원칙 말이냐?"

"그렇습니다."

"어디 한번 읊어 보거라."

"첫째, 항상 약자의 편에 선다. 둘째, 백성들의 고통을 외면하지 않는다. 셋째, 만민은 평등하니 누구나 과거시험을 통해 벼슬할 수 있는 세상을 만든다. 넷째, 동지들의 비밀을 발설하지 않는다. 다섯째, 정기적인 훈련과 의로운 행동에 빠지지 않고 참석한다."

눈을 게슴츠레 뜬 남궁두가 균 주위를 둘러싸고 선 무리를 훑어보며 입을 열었다.

"다른 왈짜패 무리의 강령과 뭐가 크게 다르더냐? 그저 비슷비슷하구나. 다만, 세 번째 강령은 듣도 보도 못한 것인데, 네놈들 모두 과거를 보긴 볼 생각인 것이었더냐?"

산채 안에 갑자기 침묵이 흘렀다.

함께 소풍 나왔던 형들과 떨어져 홀로 서소문 밖 고마청에서 말 구경을 하던 어린 균은 성문이 닫히기 전 건천동 집으로 돌아가기 위해 몹시 서둘러야 했다. 머리 좋기로는 집안 최고였지만 노력은 꼴등이라는 핀잔을 형들로부터 받던 그는 또 트집 잡힐 일을 만들기 싫었다. 특히 동인당의 영수였던 아버지 허엽이 일찍 세상을 떠난 이후, 과거 공부에만 힘쓰라는 형들의 성화는 더 하면 더했지 줄어들 기미가 전혀 보이지 않던 터였다.

숭례문 안으로 들어서기 위해 발걸음을 재촉하던 균은 때마침 지방에서 세금으로 바친 쌀인 세곡미를 경복궁에 부리고 막 성을 빠져나오던 마포나루 짐꾼들과 정면으로 마주쳤다. 마부가 모는 빈 수레 여기저기 멋대로 걸터앉아 있던 짐꾼들은 장난기가 발동했는지 균에게 시비를 걸기 시작했다. 당황한 균이 수레를 피해 성문 안으로 들어가려 하자 짐꾼 중 한 명이 발을 걸어 넘어뜨렸다.

"네 이놈! 감히 양반가의 자제에게 무슨 행패냐?"

균이 몸을 벌떡 일으키며 외쳐 봤으나 짐꾼들은 눈도 끔쩍 않고 조롱을 이어갔다. 화가 머리끝까지 치민 균이 길가의 돌멩이를 쥐고 대항해 봤지만, 상대의 완력은 상상 이상이었다. 강제로 수레에 태워진 균은 두려움이 엄습해 오자 울음을 터뜨렸다. 그 모습을 빙글거리며 바라보던 짐꾼 하나가 속삭였다.

"네 녀석 진짜 양반 아니지? 우리가 모를 줄 아니? 겉모습이야 그럴듯하게 꾸몄지만 서자 출신임이 분명해. 이 시각에 하인도 없이 혼자 다니는 양반 도령이 어디 있간디?"

짐꾼들에게 양팔을 붙잡힌 채 바동거리던 균이 외쳤다.

"난 돌아가신 문간공 허엽 선생의 막내아들 허균이다!"

균의 말을 똑같이 흉내 내며 놀린 상대가 다시 속삭였다.

"흥! 서출들 아비들이야 다들 고관대작들이시지. 그럼 뭐하누? 서자가 무슨 힘이라도 있간디? 우리 상놈들보다도 못한 팔자 아니냔 그 말이지. 안 그런가들?"

다른 짐꾼들이 큰소리로 호응하며 손뼉을 치면서 웃어댔다. 절망한 균이 다시 입을 열었다.

"좋아. 내가 서자라고 치세. 그래도 좀 놔주시게. 성문이 닫히기 전에 돌아가야 한단 말일세!"

균의 말이 그치기도 전에 다른 짐꾼이 소리쳤다.

"이제야 바른말을 하는군! 네가 서자라면 우리가 왜 이러는지 잘 알 거 아냐?"

"내 어찌 그걸 알겠소? 내게 무슨 원한이 있다고 이러시는 거요?"

"또 시치미 떼기냐? 너희 숭례문 서자 패거리들이 지난번에 우릴 두들겨 팼잖아? 마포나루 객점에서 말이야! 이빨이 나간 친구들이 한둘이 아니라고!"

그제야 사태를 대충 눈치 챈 균이 위기를 벗어날 꾀를 내보려 안간힘을 썼지만 뾰족한 수가 떠오르지 않았다. 그 순간, 어디

선가 바람을 가르는 굉음이 울리며 짐꾼 하나가 쓰러졌다. 균이 고개를 들어 주변을 살필 때쯤엔 짐꾼들 반 정도가 수레 밖으로 튕겨 나가 땅바닥에 널브러져 있었다.

나머지 짐꾼들은 수레 주변에 서로 등을 맞대고 한 무리로 모여 다음 공격을 대비했다. 하지만 어두운 골목에서 다시 나타난 세 명의 초립둥이들은 그 대형 한가운데로 뛰어들어 상대의 방어진을 순식간에 무너뜨렸다. 그들의 현란한 발차기와 어디서도 본 적 없는 빠른 손놀림이 이어지자 짐꾼들 가운데 땅에 발을 딛고 선 자가 더는 없었다.

초립둥이 하나가 균에게 다가오며 물었다.

"너 어느 대감댁 서자냐?"

균이 대답 대신 눈동자만 멀뚱대자 상대가 다시 말했다.

"우리 도적들 아니니 안심해. 저 녀석들이 우릴 서자라고 놀리기에 손을 좀 봐준 것뿐이야. 아무튼 어서 네 갈 길 가봐라."

## 그림자 인간

"다들 서자들이었구나. 그래서 울분을 품고 세상에 복수하려던 것이더냐?"

남궁두가 무륜당 패거리들을 하나하나 훑어보며 속삭였다. 그러자 균이 급히 끼어들며 말했다.

"이들은 그저 원한만 품은 자들이 아닙니다. 뛰어난 기량과 재주가 있음에도 세상에 쓰일 기회가 애초부터 막힌 셈 아닙니까? 나라를 위해 뭔가 큰일을 해보자고 결심했던 것뿐입니다."

입맛을 쩍 다신 남궁두가 균을 향해 천천히 말했다.

"그런 게 바로 반역이란 거다! 무륜이란 말의 의미를 제대로 알기는 하느냐?"

그러자 균이 또렷한 목소리로 대꾸했다.

"이런 게 반역이라 한다면, 그런 반역 백 번이라도 해야 하는 것 아닙니까?"

균을 오래 쏘아보던 남궁두가 씩 웃으며 물었다.

"다 좋다! 헌데 서자도 아닌 넌 어쩌다 이들과 이리 깊게 엮인 것이더냐? 좋은 가문에서 태어나 형들도 명성이 자자하던데, 도대체 뭐가 부족했더냐?"

균이 잠시 망설이다 굳은 표정을 지으며 대답했다.

"제 그릇이 너무 큽니다! 조선이란 나라가 절 담아내기엔 너무 작습니다! 이 좁고도 못난 세상에 적응하기보다 차라리 세상을 제 포부에 맞게 바꿔보고 싶었습니다!"

남궁두는 말없이 균의 눈동자를 꿰뚫듯 노려보았다. 숨 막히는 긴장이 굴 전체 공기를 부풀려 곧 터져버릴 것만 같았다. 마침내 남궁두가 입을 뗐다.

"사명당이 널 정확히 알아봤던 게로구나! 전국 팔도에 산채들이 있고, 자금도 마련했다고 했더냐?"

균이 크게 호흡을 하고 결기에 찬 눈빛으로 대답했다.

"그렇습니다! 이들은 저와 만나기 전 이미 세상을 바꿀 만반의 준비를 하고 있었습니다. 화약에 불을 붙일 사람 하나가 더 필요했을 따름입니다."

"그게 바로 너였다?"

"그렇습니다."

"그래서 숭례문 왈짜패 싸움판에 일부러 뛰어들었던 것이더냐?"

"언제까지 못된 머슴이나 짐꾼들만 혼내주며 살 순 없지 않습니까? 누군가 장작에 불을 붙여 타오르게 해야 했습니다."

"도대체 어디까지 가볼 심산인 것이냐?"

"그런 한계를 두진 않습니다. 이 친구들 이래 봬도 다 명문가 자제들입니다. 서자로 태어나 과거에 응시할 수 없을 뿐, 전국 각지에 재산도 인맥도 모두 갖추고 있습니다. 이 조직을 잘 활용하면 큰일을 해낼 수 있지 않겠습니까?"

"그래서 전국 각 지역을 돌아다니며 군사훈련을 하고 있는 것이더냐?"

"그렇습니다. 그리고!"

"그리고?"

"제게 수명을 늘려준다 하시지 않았습니까? 그러기 위해 절 찾아오셨던 것 아닙니까? 제가 무슨 일을 해 왔는지는 이미 다 아셨으니, 그렇다면 이제부터 절 도와주십시오!"

남궁두의 고향은 전라도 임피다. 대단한 부자였던 그의 아비는 막대한 논밭을 외아들인 그에게 유산으로 물려주고 일찍 세상을 떠나 버렸다. 다행히도 자식 사랑에 유난했던 홀어미 덕분에 남궁두는 아버지의 사랑 외엔 뭐 하나 부족한 것 없는 어린 시절을 보낼 수 있었다. 이 오랜 평화가 깨진 건 어미의 이해할

길 없는 변심 탓이었다.

청상과부로 생을 마치기엔 너무 아쉬웠는지 어미는 집안의 젊은 머슴, 그중에서도 하필 유부남과 정을 통한 뒤 사람이 변해버렸다. 그녀는 집안일을 버려 둔 채 머슴과의 은밀한 만남을 위해 뜬금없는 외출을 일삼기에 이르렀다. 그러다 질투에 눈이 멀게 된 어미는 머슴의 어린 아내를 학대하기 시작했고, 이 소문은 꼬리에 꼬리를 물고 돌고 돌다가 마침내 남궁두의 귀에까지 전해졌다.

막 어른이 되긴 했지만, 남녀 사이의 정염의 불길이 얼마나 위험한지 알 리 없던 남궁두는 눈물로 용서를 구하는 어미를 손쉽게 믿어 버렸다. 하지만 그건 함정이었다. 재산을 노린 어미와 머슴은 남궁두를 독살하고자 치밀한 계획을 세워 꼼꼼하게 실행에 옮겼다. 밥에 섞인 독약 성분으로 인해 차츰 쇠약해지던 그는 자주 헛것을 봤고 제대로 일어서는 것조차 힘들어했다. 동네에선 그가 어미의 악행에 충격을 받아 실성했다는 풍문이 떠돌았다.

죽음 직전에서 그를 구한 건 의외의 인물이었다. 바로 머슴의 어린 아내였다. 홍단이라 불린 그녀는 목숨을 걸고 남편과 주인마님의 소행을 관가에 고발했다. 홍단의 이상한 태도를 의심하던 머슴은 관가에 체포되기 직전 남궁두의 어미와 줄행랑을 놓왔다. 야산을 방황하며 숨어 지내던 남녀는 두 달이 넘은 어느 날 약초꾼들에 의해 시신으로 발견됐다. 같은 나무에 나란히 목을 맨 두 사람은 서로의 손을 꼭 움켜쥐고 있었다.

하늘 아래 믿을 사람 없는 신세가 된 남궁두는 고통스러운 세월을 곁에서 지켜봐 준 홍단을 첩으로 맞이했다. 기구한 인연이었지만 둘은 금실이 좋았다. 제법 글공부 할 줄 알았던 남궁두는 어느 날 과거 공부를 위해 한양으로 떠날 것을 결심하며 홍단에게 함께 가자고 권했다. 임피에 일가친척이 있던 그녀는 고향을 지키겠다는 고집을 꺾지 않았다. 집안 살림을 먼 집안 조카에게 맡긴 남궁두는 떨어지지 않는 발길을 홀로 옮겨야 했다.

한양살이는 녹록지 않았다. 과거 공부 역시 생각과는 많이 달랐던지라 그는 무과로 진로를 바꿨다. 그러던 어느 날, 그는 막연한 그리움에 사무쳐 무작정 말에 올라 임피를 향해 내달렸다. 먹지도 자지도 않고 고향 땅에 이른 건 깊은 밤이었다. 집은 옛 모습 그대로였고 오히려 더 깔끔하게 고쳐진 듯했다. 안방에 호롱불이 켜져 있어 그는 반가운 마음을 억누를 길이 없었다. 홍단을 놀래주려고 방문을 벌컥 연 그는 제 자리에 얼어붙은 채 숨조차 제대로 쉬지 못했다. 집안 조카는 자기 품에 안긴 홍단을 이불로 가리며 뭐라고 변명을 늘어놓았다.

혼이 나간 채 집 밖으로 뛰쳐나온 남궁두는 자신이 타고 온 말을 마주하고 우두커니 서서 몸을 떨었다. 긴 시간 차곡차곡 여며 왔던 분노가 봇물 터지듯 삽시간에 그를 사로잡았다. 그는 침착하게 활과 화살을 쥐고 방으로 되돌아갔다. 대충 옷을 걸친 조카는 막 방을 빠져나오다 그와 마주쳤다. 시위에 메겨진 화살을 본 조카가 사색이 되어 뜨락으로 뛰어내렸다. 그 움직임을 따라 부드럽게 화살을 거눈 남궁두는 힘차게 시위를 당겼다. 첫 발을 엉덩이에 꽂은 그는 골목길을 따라 도주하는 상대를 천천히 따라가며 화살을 발사했다. 빨리 죽지 못하도록 급소를 피해가며 골고루 적중시킨 그는 조카를 돌아서게 해 얼굴을 마주 보았다. 마지막 발은 목을 꿰뚫었다.

그가 집 안방으로 돌아왔을 때 홍단이 이불로 몸을 감싼 채 벌벌 떨고 있었다. 가까이 다가간 남궁두가 거친 숨을 몰아쉬고 나서 속삭였다.

"살려줄 테니 어서 녀석에게 가봐. 밖에서 기다리고 있어."

옷을 대충 걸친 홍단에게 남궁두가 다시 말했다.

"어서 달아나. 마음이 바뀌면 둘 다 죽일지도 몰라."

홍단은 실낱같은 희망을 붙드는 간절함으로 방문을 박차고 뛰쳐나갔다. 정신없이 내달리던 그녀 앞에 화살로 목이 관통된 조카의 시신이 나타났다. 비명을 지르며 멈춰선 그녀 가슴에 화살이 날아와 박혔다.

"그 뒤에 어찌 됐습니까?"

균의 목소리가 가늘게 떨렸다. 남궁두는 동굴 천정에서 얼굴 위로 떨어져 뺨을 타고 흐르는 물방울을 손으로 쓱 훔쳐내며 속삭였다.

"살인마가 됐다."

동굴 안으로 들이치는 바람 소리가 균의 귓전을 스쳤다. 세상으로부터 은밀히 감춰진 산채에서 듣는 살인 얘기는 이상하게 비현실적이었지만, 그 말을 하는 상대의 존재감은 그와 반대로 더 단단해지는 것 같았다. 남궁두가 마치 넋두리처럼 말을 이어 갔다.

"처음엔 한양으로 되돌아가 시치미를 떼고 무과 준비에 힘썼다. 어떤 죄의식도 느끼지 않으려 노력했다. 그게 가장 완벽한 복수가 되리라 믿었지. 그러던 차에 포도청 포졸들이 날 찾아다닌다는 소식을 접했다."

"도망가셨습니까?"

"살인마가 됐다 하지 않았더냐? 죽어가는 사람의 눈빛을 보고 나면 생명이란 것이 참 덧없다는 걸 뼈저리게 느끼게 된다. 가소롭기조차 했다. 죽일 기세로 덤벼드는 포졸들을 어쩔 수 없이 살해해 원통교 아래에 묻어 버렸다. 그 후로는 아주 오래도록 쫓기며 살았지. 머리를 깎아 중으로 위장도 했고, 전라도 무주

땅 깊은 산중에 들어가 도술도 익혔다."

"그림자에 숨는 둔갑술을 말씀하시는 겁니까?"

"그런 건 애들 장난에 지나지 않는다. 난 신선이 될 억센 팔자를 타고났다. 그런 팔자가 속세 틈에 끼어 살면 살인을 면할 수 없게 된다. 무주 산중에서 우연히 만난 장로가 그렇게 말해주더구나."

"어떤 장로를 말씀하십니까? 산신령입니까?"

"오랜 세월 수련을 했지만 인간 세계와 신선 세계 중간에서 멈춰 버린 도인이었다. 속세 안에 갇혀 버린 자신의 신세를 벗어나기 위해 다른 이를 먼저 신선으로 만들어 줘야 할 운명에 빠진 자였지. 그가 날 신선술로 이끌어 주었다."

"성공하셨습니까?"


무주에서 만난 장로는 가혹하게 남궁두를 몰아붙였다. 도가의 비결이 담긴 책들을 한 해 내내 암송하도록 한 뒤에는 열흘씩 굶는 벽곡을 시행하도록 했고, 벽곡을 마치면 겨우 숨이 붙어 있을 정도로만 먹을 것을 줬다. 그것조차 잣이나 깨 같은 것들에 지나지 않았다.

몸이 앙상하게 말라 뼈까지 드러났지만, 남궁두의 정신은 기이하게 맑아졌고 끝내는 식욕이 사라지는 경지에 이르렀다. 그

때부터 그는 물만 마시며 보름을 더 버텼다. 보름째 되던 날 장로가 말했다.

"이런 강인한 도골을 지닌 채 속계에서 어찌 여태 버텼누? 내가 만난 제자들은 태반이 이 단계에서 죽거나 미쳐 버렸었다. 넌 신선이 될 바탕인 선태를 타고났구나. 기특하도다!"

장로는 자신만의 비법으로 만든 환약을 남궁두에게 복용하도록 했다. 약을 먹기 시작하자 열기로 몸이 달아올랐고 하루에도 몇 차례씩 기절하기 일쑤였다. 그러던 어느 날, 남궁두는 귀신을 볼 줄 알게 됐고 만물의 미세한 소리를 들을 수 있게 됐다. 몸을 그림자에 감추거나 허공 위로 띄울 줄도 알게 됐다. 우쭐해진 그를 향해 장로가 차갑게 말했다.

"그런 건 약을 이용하는 외단술로 아이들 장난일 뿐이다. 이제야 겨우 네 몸속에 불사의 황금을 빚을 화로를 놓을 수 있게 됐구나. 단전 아래에 정신의 화로를 앉히고 신선을 이룰 약물을 달여야겠다. 어서 내단술을 준비하거라!"

남궁두는 가부좌를 틀고 좌선에 들어갔다. 우선 단전 아래 상상의 화로를 놓고 가열을 시작했다. 약물이 하던 일을 호흡이 대신해야 했다. 그는 본격적으로 불을 때기 위해 신장의 물의 기운과 심장의 불의 기운을 회전시켰다. 물기운과 불기운이 위아래로 순환하며 몸이 점차 충전되더니, 마침내 단전에서 밝은

빛이 뿜어져 나왔다. 장로가 외쳤다.

"그 상태로 보름을 더 버텨라! 호흡을 통해 양기와 음기를 조화롭게 다뤄 어느 한쪽으로도 치우치지 않도록 해야만 한다. 그러면 넌 끝내 황금을 이루어 불사의 신선이 될 수 있다. 알겠느냐? 부디 조급증을 버리고 오르려는 양기는 내리고 가라앉으려는 음기는 올려라!"

남궁두는 칠일 밤 칠일 낮을 죽음 같은 고통과 싸웠다. 조금만 호흡이 흐트러져도 화로의 기운이 너무 강해지거나 너무 약해지곤 했다. 다시 칠일이 흘렀다. 애지중지 간수했던 화로의 약물이 바야흐로 황금이 되려 하는 순간, 그는 자신의 아랫배를 내려다보는 실수를 범했다. 안쪽의 장기들이 보일 정도로 투명해진 그의 단전에선 광선이 뿜어져 나오고 있었다. 성공의 기쁨에 들뜬 그가 마음을 잠시 놓자 둥글게 태극 운동을 하며 회전하던 물기운과 불기운이 수직 상태로 마주서 버렸다. 항문의 회음혈에서 머리 꼭대기의 두정혈을 사이에 두고 음극과 양극이 서로 충돌하며 열파가 발생했다. 곧이어 남궁두의 정수리에 불꽃이 일더니 마침내 타올랐다.

"실패하셨군요. 하긴 성공하셨다면 승려가 되시고자 봉은사를 찾을 일도 없으셨겠지요?"

균이 애석하다는 표정을 지으며 낮은 목소리로 말했다. 길게 한숨을 내쉰 남궁두가 천천히 고개를 끄덕이며 대답했다.

"그렇다. 실패했다. 나도 나지만 장로의 실망도 이만저만이 아니었지. 불이 붙은 정수리를 겨우 치료하고 하산하려 할 때, 그가 환약 다섯 알을 주더구나."

"무슨 약이었습니까?"

"비록 신선은 못 됐지만, 약물로라도 단을 이루면 지상선은 될 수 있다더구나. 한 팔백 년은 살 수 있을 거라고 했다."

"복용하셨습니까?"

"하산하자마자 복용했다. 망설일 이유가 있었겠느냐? 이름 모를 암자에서 꼬박 한 달을 앓아누웠다 깨어나니, 몸도 마음도 가벼운 게 마치 신선이라도 된 기분이었다. 하지만 그 기쁨은 오래 가지 않았지."

"둔갑술에다 엄청난 수명까지 얻으셨는데 뭐가 부족하셨습니까?"

남궁두가 음울한 표정으로 한참을 침묵하다 천천히 입을 뗐다.

"본디 죽지 않는 신선이 내 목표가 아니었더냐? 처음엔 팔백 년이 어디냐 싶었지만, 생각할수록 그건 정도의 차이일 뿐 결국엔 필부처럼 죽을 운명이 아니더냐? 남보다 여덟 배의 삶을 산다 한들 그게 전부라면 무슨 의미가 있겠느냐? 그건 오히려 여덟 배의 고통이 될 수도 있는 것이다. 둔갑술 같은 잔재주나 부리며 견디기엔 지나치게 긴 세월이었다. 그렇게 방황을 거듭하다 사명당을 만났던 것이다. 그로부터 계를 받고 구원받고 싶었다."

"계는 받지 못했다 하셨습니다. 그럼 지금까지 어떻게 살아오신 겁니까?"

남궁두가 긴 머리를 뒤로 쓸어 넘긴 뒤 노랫가락을 뽑듯 구성진 음성으로 대답했다.

"봉은사에서 널 만났을 무렵, 사명당은 한 가지 해결책을 제안해 왔다. 나 같은 살인범에게 계를 줄 승려를 구하지 못할 바엔, 너무 많이 얻은 수명을 남들에게 나눠주는 것부터 시작해 보라는 것이었다. 그것도 보시라면 훌륭한 보시 아니겠느냐?"

"그래서 어린 제게 수명을 늘려주겠다 말씀하셨던 거로군요?"

"그렇다! 난 어차피 그 이전부터 사람들에게 조금씩 수명을 나눠주며 살고 있었다. 아까 말하지 않았더냐? 사명당 덕분에 그 일이 아예 나의 본업이 되었을 뿐이다. 그렇게 세상을 떠돌고 떠돌다 마침내 너와 다시 만나게 됐으니, 어쩌면 우린 그저 사명당 손바닥 안에서 움직였던 셈이 아니겠느냐?"

균이 한참을 허공만 바라보다 나지막이 속삭였다.

"어쨌든 도사님께선 절 선택하신 것 아닙니까? 그래서 여기까지 찾아오신 것일 테고요. 무륜당 장로가 되어주십시오! 지금부터 도사님과 저의 운명은 하나로 묶이는 것입니다."

## 배오개 점령

한양의 장터는 나라로부터 공식 허가를 받은 시전과 백성들 사이에서 자연스레 발생한 난전으로 나뉘었다. 나라의 관리와 보호를 정식으로 받으며 꼬박꼬박 세금을 내야만 하는 시전과 달리, 난전에서 도는 돈의 규모는 누구에게도 알려진 바 없었다. 시전과 난전을 모두 관리하던 관청인 평시서 역시 이를 알 도리가 없었는데, 그건 난전을 실질적으로 지배하며 제멋대로 주무르던 세력이 따로 있었기 때문이다.

"오십 냥이면 당분간 술값으론 제법 쏠쏠하실 게요."

홍인문 왈짜패 두령인 패두 도달구가 엽전 꾸러미를 마주 앉은 상대의 허리춤에 슬쩍 찔러주며 속삭였다. 평시서 직장은 왼손으로 엽전 무게를 살짝 재본 뒤 가벼운 한숨을 뱉으며 탁주 한 사발을 들이켰다. 등이 약간 굽은 그는 주막집 평상 맞은편에 앉은 달구와 그 뒤쪽으로 펼쳐진 저물녘 배오개 장터의 풍경을 물끄러미 바라봤다. 마침내 직장이 천천히 입을 뗐다.

"내 비록 돈 받고 자네 사정을 봐주지만, 절대 돈 때문만은 아니야. 그래도 달구 자네 패거리들이 있어서 한양의 크고 작은 난전들이 관리가 잘 되니, 우리도 뭐 좋은 거고…."

달구가 직장 앞 빈 술잔에 가득 술을 따라주며 말했다.

"그럼, 그럼요, 직장 나리! 누이 좋고 매부 좋은 거지. 여기 배오개 장터만 해도 그렇잖소? 한양 동쪽 작은 난전으로 시작해서 지금은 어찌 됐남? 조선 최고의 장터 아닌가배? 나라님이 와서 보셔도 칭찬하실 일을 우리가 하는 거지!"

쓴웃음을 짓던 직장이 짜증 난 표정으로 물었다.

"그건 그렇고, 또 무슨 일을 도와주면 되나? 부탁할 말부터 빨리하시게. 뭔가?"

갑자기 정색한 달구가 목소리를 잔뜩 낮춰 대답했다.

"이번엔 아주 다른 일인데. 얼마 전부터 숭례문 쪽에 이상한 놈들이 나타났단 말이지."

"이상한 놈들? 달구 자네 패거리들이 사대문 안 장터는 죄 접수하지 않았나?"

"그야 그렇지!"

"그런데 뭐가 문제인가? 말 안 들으면 손봐주면 될 것을. 게다가 호조에 속한 우리 평시서가 무슨 힘이 있나? 형조 쪽에 손을 쓸 일 아닌가?"

"우리가 어찌 함부로 형조에 손을 벌립니까? 그건 최후 수단인 거고. 평시서에서 이놈들 정체를 좀 캐 주쇼."

"어떤 놈들인데 천하의 달구가 그리 쩔쩔매는가?"

달구가 크게 입맛을 다시고 팔짱을 끼며 대답했다.

"언제부턴가 숭례문 쪽에서 소매치기 애들이 활개치기 시작했거든. 그냥 놔두면 힘을 가질 거고, 힘을 가지면 그쪽에 뿌리를 내릴 텐데, 그걸 어찌 그냥 보누? 날을 잡아 가서 쳤지!"

"쳤는데?"

"이상한 초립둥이들이 나타나 우리 애들을 작살을 내놨지 뭐요."

"작살을 내? 자네 동생들을?"

크게 고개를 끄덕인 달구가 주먹으로 탁자를 치며 대답했다.

"근데 그건 시작에 불과했다 이거요. 숭례문 소매치기 패거리 패두가 족제비란 놈인데, 생긴 것도 족제비를 닮았어. 어릴 적에 잠시 한솥밥 먹던 후배요. 아무튼 근근이 먹고만 살도록 놔두려 했는데, 그 자식이 너무 기고만장해졌다 이거지. 초립둥이들을 믿고 언젠가부터 서교 쪽 장터까지 손아귀에 넣으러 든다 이겁니다. 거기도 분명 우리 구역 아닌가배?"

"그 초립둥이들 정체를 알고 싶다?"

천천히 고개를 끄덕인 달구가 자기 잔을 들어 혀만 살짝 담그더니 입을 열었다.

"그 녀석들을 죽여야겠어. 화근을 없애 버려야 발 뻗고 잠을 자지."

"아직 알아낸 건 전혀 없고?"

"그놈들이 족제비를 도와주긴 하는데. 참 이상한 게, 그냥 난데없이 나타나 도와만 줘! 돈의 흐름을 따라잡으면 재깍 놈들 정체를 알아낼 텐데. 헌데 소문에 따르자면, 그놈들이 서자들이라는 말이 있긴 있거든. 세상에 불만을 잔뜩 품은 양반가 개망나니들 말이요."

"서자들이 자기들 놀기도 바쁠 텐데 왜 그런 수고를 할까? 난 도통 모를 일일세."

"그러게 말이요! 아무튼 서자들이라면 우린 더 좋아. 역모로 엮어 고변하면 바로 해결되지 않겠소? 그러니 장터 장사꾼들을 꾀어 내막을 좀 알아봐 주쇼! 잘 알잖소? 장사꾼들이 우리한테 돈은 꼬박꼬박 바치지만, 그 뭐야, 우리랑 사이가 서먹하잖소?"

"그럼 그 녀석들 명단만 알아내면 되겠나?"

달구가 입맛을 쩍 다시고 대답했다.

"그걸로는 쬐끔 부족하지. 지금껏 받아 드신 돈이 얼만데…."

"내 벼슬이 직장에 불과하네. 명단까지만 알아내 보겠네."

"에이, 우리 형님 간이 왜 그리 작으슈? 의금부에 고변서까지는 좀 써 주서야지."

"고변서를?"

"익명으로 쓰면 되잖소? 서자 놈들 이름을 쭉 나열해 역모 혐의로 의금부에 고변하면, 가뜩이나 골칫덩이인 서자 놈들을 그 누가 불쌍히 여겨줄까? 식은 죽 먹기가 아닌가배?"

고개를 살짝 끄덕인 직장이 입술을 뒤틀며 미소 지었다. 때마침 떠오른 달이 그의 몸을 비춰 긴 그림자가 주막 평상에 드리워졌다. 그건 그저 평범한 직장의 그림자였지만 직장의 몸놀림과 조금씩 다르게 움직였다. 그림자는 마침내 직장의 몸에서 분리돼 살며시 바닥을 타며 이동하기 시작했다.

운종가 동쪽 끄트머리에서부터 흥인문 방향으로 길게 발달한 배오개 장터는 관에서 직접 관리하는 시전과 사뭇 분위기가 달랐다. 값나가는 포목이나 장신구 파는 상점은 일절 없었고, 오직 민초들의 일상생활에 필요한 물건들만 다루는 작은 점포들이 빼곡히 들어차 있었다. 그 중앙에 마치 큰 관청처럼 으리으리하게 지어진 목조 건물 한 채가 마치 제 덩치를 뽐내듯 우람하게 들어서 있었으니, 그곳이 바로 장안 난전을 쥐락펴락하는 도달구의 사무소였다.

정에 경호대가 지키는 사무소에서 당일 수금한 돈을 품목별로 셈해 장부에 기재하는 일을 모두 마치면 하루해가 저물었고, 달구는 그제야 집으로 돌아가는 게 오랜 습관이 돼 있었다. 그날따라 계사의 셈이 몹시 느려 달구는 조바심이 들기 시작했다.

"어서어서 끝내라. 뭐가 이리 늦느냐?"

들어온 돈과 나간 돈을 맞추고 각종 관아에 뇌물로 바칠 돈을 비율에 따라 따로 떼놓는 작업은 생각보다 복잡했다. 계사가 신음하듯 대답했다.

"이달부터 갑자기 형조와 의금부에 바칠 돈을 별도로 늘리라 하셔서 그럽니다. 품계마다 차등도 두어야 하고 해서."

뒷짐을 지고 좌우로 서성이던 달구가 한숨을 내쉬고 속삭였다.

"그게 다 그 초립둥이 녀석들 때문이다. 안 써도 될 돈이 더 들게 됐단 말이지. 고얀 놈들! 내 반드시 형조와 의금부를 부려 그 녀석들을 역적으로 몰고야 말 테다."

계사가 고개를 들어 달구 표정을 살피다 희미한 목소리로 물었다.

"근데 그 녀석들 정체는 아십니까? 그래야 역적으로 몰아도 모실 게 아닙니까요?"

달구가 머리를 긁적이다 짜증 섞인 말투로 대답했다.

"다 수가 있느니. 조만간 놈들 명단이 나올 것이다. 넌 잔말 말고 빨리 돈 계산이나 마쳐라. 알간?"

 달구가 말을 마치기도 전에 어디선가 휘파람 소리가 길게 울려 퍼졌다. 오랜 세월 장마당 싸움판에서 잔뼈가 굵은 달구는 그게 매우 위험한 조짐임을 본능적으로 눈치 챘다. 게사가 작성 중이던 장부를 빼앗아 사무소 안쪽 내실 비밀 벽장에 서둘러 숨긴 그는 팔을 걷어붙이고 뜨락으로 나섰다.

 몽둥이를 들고 사무소를 지키는 경호대들은 여전히 제 자리를 잡고 서 있었고, 적막함 속에 횃불 타는 미세한 소음만이 귓가로 전해졌다. 공기의 흐름에도 이상한 점은 없었다. 그런데도 달구는 무언가 찜찜한 기분을 누를 길이 없자 부하 한 명을 패거리 소굴 본채로 보내 경호 인력을 더 데려오도록 명령했다. 그는 긴장한 채 담장 너머 어둠을 오래도록 쳐다봤다.

 달구의 기이한 불안에는 다 이유가 있었다. 남궁두가 그림자로 변해 사무소 곳곳을 정찰하며 돌아다니고 있었기 때문이다. 그림자는 이리저리 옮겨가며 경호 인력의 동태를 살폈고, 게사의 그림자에 겹쳐 장부를 훔쳐봤으며, 달구 꽁무니에 살짝 매달려 익살맞게 너울거리기도 했다. 사무소 마당 중앙에 서 있는 나무 그림자 속으로 스미며 휘파람을 분 것도 남궁두였다. 달구는 그 사실을 까맣게 모른 채 정체 모를 야릇한 낌새에 마음이 싱숭생숭했다.

배오개 장터의 우두머리는 세월을 따라 늘 바뀌었다. 배오개를 차지한 자가 흥인문 상권을 틀어쥐었고, 이를 밑천으로 한양 왈짜패의 수장 자리에 오를 수 있었다. 배오개를 잃으면 다 잃는 것이었다. 오래전 달구는 어려서부터 모시던 삵이라는 두령을 제거하고 자신만의 왕국을 건설했다.

두령을 제거하던 밤, 그는 삵의 처소 천정에서 꼬박 하루를 매복해 있어야 했다. 숨조차 나눠 쉬며 경호대의 빈틈을 노리던 달구는 그들이 방심한 새벽 무렵, 마침내 천장 구석에서 몰래 내려와 삵의 배에 치명타를 날릴 수 있었다.

"건물 천장 주변을 샅샅이 뒤져 봐라. 한 치 오차도 없어야 한다. 알간?"

달구는 경호대 일부를 풀어 사무소 건물 기와까지 세밀히 점검하도록 했다. 그렇게 경호대가 둘로 나뉘고 얼마 지나지 않아 불길한 휘파람 소리가 또다시 울려 퍼졌다. 극도로 예민해진 달구가 옥상으로 올라간 경호대들에게 빨리 되돌아오라고 외쳤지만, 답이 없었다. 다급히 사다리를 타고 옥상에 오른 그의 눈에 이리저리 널브러진 부하들의 모습이 보였다.

"습격이다!"

뜨락을 향해 외치며 지붕에서 내려오려던 그가 순간 멈칫했다. 멀리 사무소 담장을 뛰어넘는 괴한들의 모습이 눈에 들어왔다. 달구는 옆 건물 옥상을 향해 전력으로 질주했다. 가속만 잘 붙는다면 침입자들의 포위망을 벗어날 수도 있었다. 그가 허공을 향해 몸을 내던지려는 찰라, 쇠뇌에서 발사된 돌멩이가 정면으로 날아와 얼굴을 강타했다. 달구는 신음하며 옥상 귀퉁이로 몸을 숙였다. 여전히 마음이 꺾이지 않은 그는 피로 물든 이마를 한 손으로 움켜쥔 채 이번엔 반대쪽 건물 옥상을 향해 다시 내달렸다.

달구의 몸은 둥근 호를 그리며 옆 건물 옥상 기와 위로 착지했다. 조금 중심을 잃긴 했지만 비스듬한 기와의 경사도를 따라서 몸을 비틀며 정확히 건물 정상 꼭짓점에 몸을 떨어뜨렸다. 서둘러 일어나려던 그는 소스라치게 놀라 몸을 움츠렸다. 가벼운 한숨이 달구 잇몸 사이에서 흘러나왔다. 쇠뇌를 든 궁수들과 초립둥이 한 명이 그를 그윽이 바라보고 있었다.

사무소 뜨락에 포박된 채 무릎 꿇려진 달구와 경호대는 반 이상이 피투성이였다. 이제 그들의 남은 희망은 소굴 본채에서 출발해 사무소로 오고 있을 보충 인력이었다. 숭례문 패거리의 패두 족제비가 마치 그 마음을 아는 듯 달구 앞으로 다가와 속삭였다.

"아이고야! 우리 달구 형님! 혹시 구원병을 기다리시나?"

달구가 고개를 들어 상대를 노려보며 대답했다.

 "족제비 이놈! 네가 어린 초립둥이들 믿고 까불지만, 그 명줄 오래 못 간다. 알간?"

 달구 앞에 쪼그리고 앉아 상대의 눈을 잠시 관찰하던 족제비가 미소를 띠며 말했다.

 "초립둥이라고 부르지 마셔. 저분들 정체도 모르면서."

 달구가 고개를 옆으로 돌려 저만치 모여 있는 초립둥이들을 바라봤다. 족제비가 그런 그의 머리를 세차게 쥐어박으며 다시 속삭였다.

 "너도 오늘 끝이야. 삵 형님 장이 터져 돌아가실 때 기분을 이제 알겠나?"

 족제비가 씩씩대는 달구를 일으켜 세운 뒤 수박 발차기 기술로 배를 차 거꾸러뜨렸다. 바닥에 뻗은 달구를 바라보며 족제비가 흥얼대듯 다시 입을 열었다.

 "기억나시나? 나보고 남의 소매나 째며 살 꼬맹이라고 놀렸었지? 그래도 난 삵 형님을 배신하진 않았어. 이 탐욕스런 악귀 새끼야! 그저 숭례문 한구석에서 조용히 먹고 살겠다는데 그것까지 막아? 너 오늘 내 손에 죽자."

 족제비의 구타는 한동안 이어졌다. 그 사이 흥인문에서 오고 있던 보충 인력들마저 몸이 묶인 채 사무소 뜰로 들어서자 달구의 모든 희망은 산산이 부서져 버렸다. 절망한 그가 족제비를 향해 소리쳤다.

"초립둥이들 정체를 내 모를 줄 알아? 나 도달구야! 육조거리 곳곳에 내 편들이 있어. 오냐, 좋다! 날 죽여 봐라! 저 서자 나부랭이 역적 놈들까지 다 같이 죽는 거야!"

그 말을 멀리서 들은 초립둥이 한 명이 달구를 향해 천천히 다가왔다. 날카로운 눈매의 상대는 달구를 뚫어지게 노려보았다. 각진 턱과 총명하게 반짝이는 눈동자 그리고 잘 균형 잡힌 선 굵은 외모가 어린 나이임에도 묘한 위압감을 불러일으켰다. 균이었다. 균이 낮은 목소리로 물었다.

"우리를 역적이라 했나?"

달구가 의외로 어른스러운 상대 말투와 기세에 압도당해 잠시 머뭇대다 대답했다.

"그런 의심을 하고 있소만. 대관절 뉘시기에 남의 생업을 이리 방해하는 거요?"

균이 달구 앞으로 바싹 다가서며 또박또박 말했다.

"백성들 생업을 방해한 건 바로 네놈 아니냐? 계속 이 짓을 할 요량이라면 넌 오늘 우리 손에 죽는다. 만약 마음을 바꿔 저 족제비처럼 의로운 일에 동참하겠다면, 너에게 앞으로 할 일과 먹고살 길을 따로 마련해주마."

달구가 멍하니 균을 바라보다 비열한 웃음을 머금으며 대답했다.

"무슨 수로 따로 먹고살 길을 마련해 주지? 내 평생을 배오개 장터에만 바친 몸인데? 장터를 뺏기느니 차라리 다 함께 죽어 버리자는 게 내 속마음이야. 그건 알간?"

사무소 대청마루 중앙에 자리 잡고 선 균은 뜰에 꿇어앉은 달구를 향해 소리쳤다.

"왈짜패 두령이란 것이 어차피 어떤 법률에도 없는 자리이긴 하나, 내 오늘 너를 흥인문 패거리 두령 직위에서 파직한다! 바로 죽여 마땅하지만 고달팠던 삶을 헤아려 살려주겠다. 대신 다시는 남을 괴롭히지 못하도록 다리 하나를 부러뜨리마."

말이 끝나자마자 족제비와 그의 부하들이 암행어사를 따르는 역졸들처럼 명령을 받들겠다는 뜻으로 '봉명!'을 외치고 달구에게 달려들었다. 달구는 자신의 오른 다리가 부러져 덜렁거릴 때까지 이를 악물고 신음을 참았다. 그 모습을 장하게 여긴 균이 측은해하는 표정으로 말했다.

"우리와 대의를 함께하지 못하겠다니 불가피 이리 처분했다. 그 꼴로 관에 우리를 고변하겠다면 어디 한번 해 보거라! 뚜렷한 증거도 없이 남을 역도로 몰면 어찌 되는지 잘 알 것이고, 너의 뒷배였던 관리들이 오히려 널 먼저 죽이러 들 것이다. 깊이 헤아리길 바란다."

고개를 숙인 채 말이 없던 달구가 기어들어가는 목소리로 말했다.

"한양을 영원히 떠나겠소. 그저 개인 소장품 몇 점이나 들고 가게 해주시오."

균은 대답 없이 오래도록 달구를 바라보기만 했다. 마침내 그가 옆에 선 초립둥이로부터 뭔가를 건네받아 들어 올리며 속삭였다.

"네 녀석 기세가 아직 안 꺾였구나? 이걸 가져가고 싶은 거겠지?"

균이 들고 있는 물건을 올려다본 달구가 허탈한 표정으로 어깨를 축 늘어뜨렸다. 균이 손에 쥔 책자를 흔들며 다시 말했다.

"네놈이 그동안 뇌물을 갖다 바친 관원들 명부다. 조선의 탐관오리들이 모두 이 안에 모여 있더구나. 이제 썩 꺼지거라! 다신 헛된 망상 품지 말고!"

족제비 무리가 달구를 질질 끌고 사무소 대문을 향했다. 순간 달구가 그들 손길을 뿌리치고 고개를 홱 돌리더니 노기 띤 목소리로 외쳤다.

"너희 어린 것들 정체가 정확히 뭔지는 잘 모르겠다만, 이건 명심해라! 그 장부에 적힌 관원들 모두가 이제 너희 적이 되는 거다! 알고는 있는 거냐? 내 도움 없이는 목숨 부지하기 힘들 것이다!"

 그 말을 들은 균은 천천히 대청에서 내려와 달구 앞으로 다가갔다. 그는 잠시 묵묵히 서 있기만 했다. 골똘히 생각에 잠긴 것 같던 그가 별안간 달구의 왼쪽 다리를 잡아 고정시킨 후 자신의 오른발로 힘껏 눌러 분질러 버렸다. 달구는 그제야 고통스러운 비명을 질렀다. 균이 소리쳤다.

 "앉은뱅이로 살며 평생 참회하거라!"


 깊은 밤 육조거리를 조심스레 움직이는 그림자 하나가 있었다. 그림자는 담장에 드리운 나무 그림자를 타거나 순찰을 마치고 복귀하는 순라군들의 그림자에 스미기도 하면서 마침내 호조 관아 앞에 이르렀다. 관원 대부분이 퇴근한 청사에는 적막감만 감돌았지만, 숙직 번을 서는 하급 관원의 침소에는 여전히 불이 밝혀져 있었다.

 그림자는 관원 누군가가 막 정문에서 돌아오며 마루에 놔둔 등불 옆을 스치듯 빠르게 지나쳐 문지방을 미끄러지듯 살금살금 넘어섰다. 탁자 앞에 몸을 숙이고 잠든 듯한 숙직자의 몸이 나타나자 그림자는 서서히 질감을 높여 사람 형체를 만들어갔다. 남궁두는 그렇게 평시서 직장의 등 뒤로 조심스레 다가가 상대가 작성 중이던 서류를 살짝 집어 들었다. 내용이 마음에 들지 않았는지 그가 직장의 머리를 조금 들어 올려 그 밑에 깔린 다른 종이를 꺼내러 했다. 순간 놀란 남궁두가 한 걸음 뒤로 물러났다.

 직장은 죽어 있었다. 남궁두가 시신 목에 손을 대자 아직 약간의 온기가 느껴졌다. 겉으로 드러난 상처는 없었지만, 입가에 선명하게 피를 토한 흔적이 보였다. 잠시 전까지 붓을 쥐고 자신이 탐문해 알아낸 초립둥이들 이름을 적고 있었을 오른손엔 떡이 대신 쥐어져 있었다. 독살이었다.

# 독살범

남궁두가 자신을 바라보는 초립동이들에게 호조에서 겪은 일을 설명한 뒤 도로 의자에 앉았다. 숭례문 밖 으슥한 곳에 자리잡은 산채에 집결한 무륜당 일당은 깊은 침묵에 빠져들었다. 균이 남궁두에게 물었다.

"저희 이름이 적힌 고변 서류는 발견하지 못하신 겁니까?"

남궁두가 침울한 표정으로 대답했다.

"직장을 살해한 자가 이미 가져간 뒤였다."

균이 입술을 깨물며 다시 물었다.

"떡을 먹고 독살된 것 같다 하셨지요?"

"그렇다. 몸에 다른 상처가 보이지 않았다."

"말씀대로라면 직장을 독살한 자는 직장과 아주 가까운 사이여야 합니다."

남궁두가 말없이 고개를 끄덕이자 균이 다시 입을 열었다.

"또한 직장이 작성한 명단을 반드시 손에 넣어야만 하는 인물

일 겁니다."

남궁두가 수염을 어루만지며 말했다.

"그 두 조건을 다 만족시키는 자라면, 너희들이 다리병신을 만든 달구겠지?"

고개를 저은 균이 급히 말했다.

"아닙니다! 달구가 보낸 자라면 직장을 죽일 필요까진 없습니다. 고변할 때 중인으로 이용해 먹기 좋을 텐데 왜 죽이겠습니까? 가뜩이나 달구는 이제 두 다리를 못 쓰게 된 폐인 신세 아닙니까? 더 이상 누가 그자 말을 따르겠습니까? 달구 쪽은 아닙니다."

말을 마친 균은 초립둥이들 한 명 한 명을 찬찬히 바라보기 시작했다. 무거워진 분위기를 바꾸려는 듯 남궁두가 벌떡 일어서서 말했다.

"그 명단을 손에 쥐면 이득을 얻을 자가 범인 아니겠느냐? 그럼 족제비밖에 없다. 아니 그러하냐?"

균이 다시 고개를 저으며 말했다.

"족제비는 그릇이 작습니다. 그래서 배오개 장터를 믿고 맡긴 겁니다. 게다가 직장에 대해 아는 바가 전혀 없었을 텐데, 어찌 알고 그런 일을 꾸밀 수 있겠습니까?"

"그렇다면 직장과 달구 사이의 관계를 알고 있는 인물이어야만 하겠구나? 그럼 너희들과 나밖에 없지 않느냐?"

균이 머쓱하게 웃자 남궁두가 탁자에 몸을 기대며 걸쭉한 목소리로 말했다.

"애초 범인이 우리가 모르는 엉뚱한 곳에 숨어 있다는 뜻이다. 아니 그러하냐?"


족제비는 의외로 순조롭게 달구의 배오개 조직을 수중에 넣었다. 달구의 심복 일부가 저항해 봤지만 한번 바뀐 왈짜패 수장이 도로 뒤바뀐 적은 없었기에 결국 항복하고 말았다. 예전 삵 밑에서 한솥밥 먹던 옛 부하들로 지휘부를 채운 족제비는 균을 만나 상황을 보고할 때 외엔 무륜당과 접촉할 기회가 없었다.

"두령께서 따로 명령을 내리지 않으시니 더 불안합니다요."

깊은 밤 장터 사무소에서 균과 독대한 족제비가 눈동자를 이리저리 굴리며 말했다.

"불안할 것 없다. 상인들로부터 걷는 자릿세는 틀림없이 반절로 줄였느냐?"

균이 냉랭한 음성으로 물었다.

"여부가 있습니까요? 더 이상 폭행도 없습니다요. 관에 바치는 뇌물도 달구가 하던 방식대로 꼬박꼬박 납부하고 있습죠. 네네, 그럼요."

 균이 상대를 지긋이 노려보며 다시 입을 뗐다.

 "거기서 아무 변화도 주면 아니 된다. 그냥 네가 평생 하던 대로 살면 되는 거다. 알겠지?"

 족제비가 균의 얼굴을 힐끗 살핀 뒤 비굴한 미소를 흘리며 대답했다.

 "아무렴요, 네네! 다만 두령님께서 소인에게 따로 돈을 요구하지 않으시니 어리둥절할 뿐입니다요. 비록 수입이 반절로 줄었다지만, 배오개가 돈이 워낙 잘 도는 곳 아닙니까요? 네네!"

 "돈은 필요 없다. 묵묵히 장터를 지키며 명을 기다리기만 하면 된다."

 "네네! 쇤네 그저 감사드릴 뿐입니다요. 숭례문 주변을 떠도는 들개 신세였지 않습니까요? 그런 저를 거둬주신 은혜 망극합니다요. 그저 무슨 명이든 따르겠습니다요."

 균이 옷매무새를 고치고 속삭이듯 물었다.

 "그건 그렇고, 알아보라는 건 알아봤느냐?"

 눈썹을 잔뜩 찌푸린 족제비가 뭔가 엄청난 공을 세운 양 우쭐대며 대답했다.

 "독살된 직장 건을 자세히 알아봤습니다요. 달구에게 뇌물 먹던 관원들 지금은 죄다 제 사람들이 됐지 뭡니까요? 뭐 그렇다는 겁니다요. 네네!"

"그건 아주 잘했다. 그래, 알아보니 어떠하더냐?"

침을 꼴깍 삼킨 족제비가 어깨에 잔뜩 힘을 주며 입을 열었다.

"형조 쪽에선 한 달이 넘도록 세 번에 걸쳐 시신을 살펴봤다고 합니다요. 삼검을 한 셈입죠. 결국 독살로 결론이 났고 말입죠."

"알겠다. 범인 행적은?"

"그게 야릇합니다요."

"뭐가 야릇해?"

"형조가 아무리 캐도 범인이 오리무중이랍니다요. 직장이 스스로 독이 든 떡을 먹었다고도 하고 말입죠. 네네."

한숨을 내쉰 균이 초조한 표정으로 다시 물었다.

"그게 말이 되느냐? 자결을 했다는 게냐?"

"물론 말도 안 됩죠! 쇤네가 알아보니 직장이 그럴 위인은 아니었습니다요. 아무렴요! 이렇게 사건이 흐지부지 뭉개진다는 거, 이건 뭘 의미하느냐? 물론 쇤네 생각입니다만."

"뭘 의미하느냐?"

"형조가 범인 잡을 뜻이 없다, 바로 그 말입니다요!"

순간 균의 얼굴이 파르르 떨렸다. 당황한 족제비가 송구하다는 뜻으로 연거푸 고개를 숙이며 말했다.

"그저 쇤네 어리석은 생각이었으니 노여워 마십쇼! 잘못했습니다요. 네네."

"아니다! 그게 아니다! 일리가 있다."

얼굴빛이 밝아진 족제비가 다시 목청을 돋워 말했다.

"그럴깝쇼? 그럼 마저 말씀드립죠! 쇤네 보기엔 범인이 형조에 있습니다요."

"형조에? 왜 그렇지?"

"형조 관원이 상민을 죽이면 어찌 되는지 아십니까요? 다짜고짜 덮습니다요. 그냥 없던 일로 하거나 자결한 걸로 만들지 뭡니까요? 사건이 야릇해지는 겁니다요. 직장 독살 건이 딱 그렇습니다요!"

균이 은근한 음성으로 다시 물었다.

"그럼 범인은 형조 관원이겠구나?"

신이 난 족제비가 흥분한 표정으로 대답했다.

"고건 또 아닙니다요. 숙직 번이 버티고 있는데 그 야심한 시각에 형조 관원이 어찌 호조를 마음대로 들어갑니까요?"

"그럼 누구냐?"

"형조 누군가의 명을 받은 호조 관원입죠! 네네! 직장에게 떡을 줄 수 있는 호조 관원 말입죠!"

"그게 누굴까?"

눈을 가늘게 뜬 족제비가 살며시 속삭였다.

"알아보니 직장과 같은 날 숙직을 선 박 주부라고 있습니다요. 한 품계 위지만 직장과 아주 친했다지 뭡니까?"

호조 관아를 나와 소공주동 자기 집으로 돌아가던 박 주부는 달빛을 받아 앞쪽으로 드리운 자기 그림자를 무심코 바라보다 깜짝 놀랐다. 그림자가 제멋대로 덩실덩실 춤을 추고 있었기 때문이다. 자기 몸을 이리저리 움직여봤지만 그림자는 그 동작과 전혀 무관하게 움직였다. 제자리에 털썩 주저앉은 주부는 주변을 둘러보며 나지막이 흐느끼다 중얼대기 시작했다.

"이보게, 고 직장! 죽어서 원혼이 된 겐가? 내 사정도 헤아려 주시게. 어쩔 도리가 없어서 그랬네. 들리는가?"

청계천 원통교로 향하는 으슥한 골목길엔 지나다니는 사람도 끊겨 살랑대는 바람소리만 들려왔다. 한참 동안 넋두리를 늘어놓던 주부가 슬며시 일어서서 다시 자기 그림자를 살폈다. 이번엔 몸의 움직임에 따라 그림자도 따라 움직였다. 그가 멋쩍게 주변을 둘러본 뒤 조금씩 걸음을 옮겨가며 그림자를 주시했다. 아무 이상이 없었다.

"자네 아니지? 내가 헛것을 본 건가?"

두서없이 혼잣말을 중얼대던 그가 골목길을 벗어나기 위해 서둘러 뛰기 시작했다. 그 순간 주부의 그림자가 물컹대는 덩어리로 화하더니 눈앞에 우뚝 섰다. 뒤로 벌렁 나자빠진 주부가 깜짝 놀란 표정으로 외쳤다.

"자네 맞구민! 자네였어! 살려주시게, 제발! 잘못했네, 잘못했어!"

이번엔 덩어리 일부가 손이 되더니 주부의 뺨을 철썩 갈겼다. 옆으로 나동그라졌던 주부는 잽싸게 몸을 일으켜 절하는 자세를 취하고는 떨리는 목소리로 하소연했다.

"자네 탁자 위에 놓인 서류를 우연히 봤었네. 누군가를 역모로 고변하는 내용이었어! 자네가 그럴 사람이 아니잖은가? 분명 저 교활한 달구 놈한테 이용당하고 있겠다 싶어 잘 아는 형조 좌랑에게 말을 전했었어. 좌랑이 우선 고변서에 오른 이름만이라도 가져와 보라 하더군."

여기까지 말을 이어가던 주부가 슬쩍 고개를 들어 그림자 덩어리를 올려다봤다. 덩어리가 갑자기 큰 소리로 쩌렁쩌렁 소리쳤다.

"네 이놈! 급살을 맞기 싫으면 거짓 말고 어서 진실을 말하렷다!"

다시 넙죽 엎드린 주부가 온몸을 덜덜 떨며 입을 열었다.

"알았네, 알았어! 실은 형조 좌랑이 자네와 달구의 관계를 잘 알고 있었어. 이미 오래전부터 말일세! 나? 난 좌랑이 시키면 가끔 자네 소식을 알려준 것뿐이야. 물론 돈을 조금 받긴 했네만, 정말이지 그뿐이었네. 자넬 죽이게 될 줄 어찌 알았겠나?"

우두커니 서있던 검은 덩어리가 죽은 직장 모습으로 형태를 바꾸며 물었다.

"네 놈이 좌랑의 첩자로 날 쭉 감시해왔단 말이지?"

주부가 눈물을 흘리며 대답했다.

"면목 없네. 우리 같은 힘없는 신세가 별 수 있나? 그저 자네 동태만 가끔 보고하면 됐거든. 이유야 어찌 됐든 별일 아니라고 생각했네."

덩어리가 직장의 얼굴 모양으로 크게 부풀더니 주부 코앞까지 달려들며 소리쳤다.

"아무리 그래도 친구를 죽여? 이 고얀 놈!"

주부가 얼굴을 땅에 박으며 서둘러 말했다.

"내 말을 좀 들어보게! 좌랑이 얼마 전 이상한 분부를 내리는 게 아니겠나? 자네가 뭘 하고 있는지 엿보란 거였네. 그래서 자네 서류 뭉치 가운데 고변서를 발견해 베껴 보냈어. 그리고 며칠 지난 어느 날이었어. 난데없이 포졸들이 나타나 날 어디론가 끌고 갔네."

검은 덩어리가 천천히 물었다.

"어디로?"

자포자기 상태가 된 주부가 어깨를 힘없이 늘어뜨리며 대답했다.

"죄수들 가두는 전옥서 구석 어디였던 것 같네. 거기서 옥리들에게 안 죽을 만큼만 맞았네. 희한하게 상처는 조금도 나지 않더군. 너무 무서웠어. 좌랑이 하는 말이 어떤 높은 어르신이 진노했다더군. 가족들을 살리고 싶으면 시키는 대로 하라고 했어."

"높은 어르신 누구?"

"나도 모르네. 그저 살고 싶었고, 가족들 생각밖에 안 났어. 내 이 신세는 저승 가서 꼭 갚겠네. 이번 생은 한번만 봐주게, 응?"

잠시 침묵이 이어지다 덩어리가 다시 물었다.

"좌랑 이름은?"

주부가 입만 벌름대며 애원하는 표정만 한참 짓더니 마침내 신음하듯 대답했다.

"내 조카딸 부부가 예전 크게 도움 받았던 분이야. 자네도 잘 아는 강승중 좌랑일세."

긴 침묵이 이어졌다. 그 사이 흐느끼다 읍소하기를 반복하던 주부가 천천히 고개를 들어 주위를 둘러봤다. 아무것도 없었다. 마치 한판 꿈을 꾼 것처럼 멍하니 주저앉아 있던 그가 급히 일어나 집 쪽을 향해 내달렸다.

숭례문 밖 산채에 모인 무륜당 무리는 남궁두의 애기를 다 듣고 나서 깊은 침묵 속에 잠겼다. 그들은 모두 무리 가운데 한 명을 바라봤다. 곱지 않은 시선을 한 몸에 받던 그가 조용히 일어서서 남궁두 옆에 섰다. 무리 가운데 가장 섬세한 성품의 소유자며 하얀 피부에 수려한 외모를 지닌 강혁중이었다. 그가 침울한 표정으로 들릴 듯 말 듯 속삭였다.

"결단코 난 모르는 일이야. 그럴 리 없어. 집에서도 전혀 낌새가 없었어."

혁중에게 다가간 균이 조금 머뭇대다 입을 열었다.

"도사님께서 거짓말 하실 리가 없잖아? 강승중 좌랑은 너 강혁중의 이복형이야. 그리고 좌의정 강자량 대감의 맏아들이고."

혁중의 입술이 파랗게 질린 채 떨리기 시작했다. 화가가 붓질한 것처럼 선명한 짙은 눈썹이 사납게 찌푸려졌다. 그가 힘겹게 다시 입을 뗐다.

"승중 형님은 우리 집안 유일한 적자야. 나 같은 서자 동생에게도 잘해주셨지. 누굴 해칠 사람이 못 돼."

균이 상대 어깨를 살짝 짚으며 차가운 목소리로 말했다.

"너희 형이 했다고는 안 했어! 이런 일을 눈 하나 깜짝 안 하고 해낼 수 있는 분은, 바로 너의 아버지지."

혁중이 고개를 떨어뜨린 채 울먹거리며 말했다.

"아무 내색도 없으셨어. 날 불러 혼쭐이라도 내셔야 맞잖아?"

팔짱을 낀 균이 냉정한 말투로 대답했다.

"그러면 일이 더 커지지 않았을까? 집안 식구나 몸종들을 통해 말이 새나갈 수도 있고. 차라리 문제의 근원을 조용히 틀어막는 게 유리했겠지. 노회한 좌의정 대감다운 방식이야."

"그럼 서자인 난? 난 어쩌시려는 거지?"

한숨을 내쉰 균이 다시 대답했다.

"지금 네가 문제가 아니야. 좌의정 대감이 자기가 입수한 명단을 어떻게 처리하느냐에 따라 우리 모두의 운명이 갈리게 됐어! 고 직장을 처리하듯 우릴 한 명씩 제거할 수도 있는 거야."

"그냥 넘어가 주진 않으실까?"

"절대로! 너의 형이 평시서 직장의 동태를 살피고 있었다면 달구의 배오개 조직 뒤에 강승중 좌랑이 뒷배로 있었다는 거야. 또 그 뒤엔 좌의정 대감이 버티고 있었던 거고! 모르겠어? 지금 대감에게 우린 화근일 뿐이야. 특히 당파까지 다른 나 허균은 더 그렇지! 최대한 당신과 무관한 일로 만든 뒤에 모조리 없애 버리려 드실 거야! 그래도 피붙이인 너 하나쯤은 살려두실 수도 있겠지."

"그럼 어째야 하지?"

혁중을 그윽이 노려보던 균이 결연하게 대답했다.

"너희들이 날 두령으로 추대할 때를 기억하겠지? 오직 대의만을 받들고 나머지 일은 천명에 맡기기로 다짐했었어. 서자도 아닌 내가 감히 이 패거리에 뛰어든 명분도 바로 그거였지! 인륜을 벗어난다는 무륜의 뜻을 다시 생각해 봐! 혁중아! 비록 너의 아버지와 형이지만, 죄를 저지른 그들은 처벌돼야 해!"

잠시 뜸을 두고 그가 덧붙였다.

"좌의정이 지금 우릴 가만히 두고 있는 건 우릴 어리다고 얕봐서일 뿐이야. 우린 더 대담해져야 해. 좌의정이 방심하고 있을 때 확실한 대책을 세워야 해!"

삼청동천을 왼쪽으로 끼고 가회방 언덕길을 오르노라면 그 중간쯤에 좌의정의 저택이 있었다. 집 서쪽 담장 너머로 경복궁 동궁전이 건너다보일 정도로 대궐과 가까워서 간혹 소주방에서 음식을 만들 때면 그 군불 연기가 이편으로 건너올 때도 있었다. 좌의정은 그걸 은근히 즐겼다. 그는 종묘사직을 자신이 짊어지고 있다는 지나친 확신과 조정에서 차지한 권력을 잃어버릴까 하는 조바심으로 똘똘 뭉친 이기적 인물이었다.

"승중아. 이 깊은 시각 너만 따로 부른 이유를 아느냐?"

촛불 심지를 자르던 좌의정이 낮은 음성으로 큰아들에게 물었다. 좌의정은 비록 미남이었지만 특유의 교활한 눈빛과 유난히 돌출된 입 때문에 인상 전체는 흡사 매를 연상시켰다.

"아무래도 혁중이 일 때문 아니겠습니까?"

형조 좌랑 강승중이 고개를 조아리며 대답했다. 그는 워낙 키가 컸지만 앉은키마저도 아버지를 훌쩍 뛰어넘었다. 다만 큰 덩치에 비해 그의 눈빛은 늘 주눅든 채였고, 자신 없는 표정 속엔 오랜 세월 아버지에만 기대 살아온 유약함이 배어 있었다.

"그러하다. 네 덕에 당장 큰 화는 모면하게 됐지만, 아무리 생각해도 불씨를 남겨두긴 어렵지 않겠느냐? 그리고 다른 끄나풀을 통해 듣기로는 말이다. 달구 녀석이 몰래 회계장부를 작성해왔다고 하더구나. 서자 놈들에게 빼앗겼다는 그 장부도 참으로 큰 문제다. 너와 내 이름이 그 안에 없다고 어찌 장담하겠느냐?"

승중이 골똘히 생각에 잠겼다 대답했다.

"고 직장이 죽은 이상 역모 고변과 관련해 다른 불씨는 남아 있지 않습니다. 또한 대궐에 확실한 끈도 없는 어린 서자들이 그깟 회계장부 하나만으로 아버님까지 치긴 불가능합니다. 장부가 녀석들 손에 들어갔는지도 아직 알 수 없고요. 소자가 반드시 찾아오겠나이다. 그리고 혁중이는 적당한 때를 봐서 소자가 따끔히 꾸짖겠사옵니다. 아직 어려서 그렇습니다. 서자 신분이 꽤나 억울하기도 했을 것이고요."

아들 표정을 한참 살피던 좌의정이 게슴츠레한 눈빛으로 속삭였다.

"혁중이 하나로 해결될 일이 아니다. 무륜당 명단을 너도 봤지 않느냐? 이 어린 것들이 겁 없이 무슨 일을 또 저지를 줄 알고? 혹시라도 더 날뛰다가 다른 일로 역모로 엮이게라도 되면, 너나 나나 살아남기 힘들다. 그놈들 중 하나가 혁중이 이름을 불기라도 하면 끝장 아니냐?"

신음 섞인 한숨을 내쉰 승중이 머뭇대다 말했다.

"명단에 이름이 오른 서자들을 잘 감시하겠습니다. 그리고 그들 집안에도 각각 연통해 크게 꾸짖도록 하면 어떻겠습니까?"

피식 웃음을 삼킨 좌의정이 능청스런 표정으로 입을 열었다.

"순진하긴! 그리 되면 사실이건 아니건 이번 역모 사건이 세상에 까발려지게 되지 않겠느냐? 날 어찌해 보려는 자들에게 큰 빌미를 주는 짓이다. 위험해!"

"집안끼리 서로 약점을 쥐는 것이니 누구도 먼저 이 문제를 꺼내들긴 어려울 것입니다."

"난 어떤 약점도 잡히기 싫다! 수십 년 온갖 벼슬을 거치며 작은 빈틈 하나 보인 적이 없었어. 특히 날 노리는 적들에게는! 세상일은 예측대로 돌아가지 않는 법, 큰 후환을 남겨둘 순 없다!"

승중이 아버지 눈빛을 살피며 천천히 물었다.

"소자가 어찌 하길 바라십니까?"

좌의정이 아들을 그윽이 노려보며 대답했다.

"무륜당 녀석들을 모조리 제거해라."

당황한 승중이 입을 반쯤 벌리고 쳐다보기만 하자 좌의정이 침착하게 다시 말했다.

"다 제거해라!"

"혁중이까지 말씀이십니까?"

고개를 크게 끄덕인 좌의정이 소리를 낮춰 속삭였다.

"그렇다. 모조리! 이참에 혁중이와 아예 연을 끊는 게 유리하다. 그 녀석은 가문의 혹이다. 어디 혁중이뿐이더냐? 서자는 다른 가문에서도 골칫거리가 된 지 오래다. 다 처리해 버리면 서로 좋지 않겠느냐? 아쉬워할 집안 하나도 없을 게다."

좌의정이 서안을 옆으로 밀고 승중 앞으로 다가가 나긋나긋한 어투로 말을 이었다.

"작은 정에 매이지 말거라. 널 크게 키우려 형조에 넣은 거다. 게다가 말이다. 명단을 보니 서자가 아닌 놈이 딱 하나 있더구나. 허균이라고."

"맞습니다. 혈기방장하다 하여 세평이 좋지 않은 놈입니다."

더욱 목소리를 낮춘 좌의정이 비열한 미소를 머금으며 속삭였다.

"초당 허엽의 아들이다. 동인 영수 집안의 자식이지."

"그건 잘 압니다."

"잘 아는 녀석이 머리를 그리 못 쓰는 게냐? 우리 서인들 입장에선 절호의 기회 아니냐? 골칫덩이들을 적당한 죄목으로 일망타진하고 반대 당파인 동인들까지 때려잡을 수 있지 않느냐?"

"어떻게 그렇습니까? 우리 집안도 혁중이 때문에 역모죄로 같이 엮일 터인데?"

좌의정이 한심하다는 표정을 짓다 조금 목청을 돋워 대답했다.

"쯧쯧. 머릴 쓰거라! 내가 어디 역모죄로 잡아들이라 했더냐?"

"그럼 무슨 죄목으로?"

"따지고 보면 그 녀석들 배오개 장터 왈짜패들이랑 붙어먹은 것 아니더냐? 왈짜패들을 심문해 증거를 잡은 뒤에 풍기문란과 백성들 착취한 죄로 다 잡아들여 효수해 버리면 된다. 모든 후환이 싹 사라지는 거다."

"혁중이는, 그럼?"

"괜찮다. 그까짓 서자 한 놈 교육 못 시킨 죄쯤은 내 얼마든 뒤집어써도 된다."

"그게 아니오라, 혁중이도 효수될 게 아닙니까?"

갑자기 말을 멈춘 좌의정이 아들 얼굴을 빤히 쳐다보며 대답했다.

"그게 뭔 상관이냐? 어차피 집안에 있으나마나한 녀석이다. 동인들한테 혁중이를 졸로 내주고 우린 그자들 차와 포까지 떼어먹는 것이지? 초당 허엽 집안과 그 주변을 굴비 엮듯 엮어 모조리 조정에서 퇴출시킬 수 있다. 서자가 한 짓과 적자가 한 짓은 그 무게가 다르지 않느냐? 아니 그러하냐?"

승중이 고개를 숙인 채 답이 없자 그의 어깨에 손을 얹은 좌의정이 덧붙였다.

"내 양반 체면에 이 말만은 안 하려 했다만, 배오개 장터에서 들어오던 돈줄이 막히면, 이 애비가 해 오던 일들은 또 어찌 되겠느냐? 그것도 생각해야지? 혁중이가 그리 불쌍하다면, 그림자결을 시켜라! 목을 매게 하든지, 아님 물에 빠트리든지. 그러면 이 애비로선 모양이 훨씬 좋겠구나."

좌의정이 큰아들과 이런 얘기를 나눌 동안, 서재 밖 은행나무 잔가지들은 바람에 살랑살랑 나부끼며 그림자를 방문에 드리우고 있었다. 그 그림자 아래로 은행나무가 만들지 않은 다른 검은 얼룩이 웅크리고 있었다. 그 얼룩은 소리 없이 흐느끼다 마침내 천천히 마루 섬돌 쪽으로 움직여 갔다. 미묘한 인기척을 느낀 좌의정이 서재 방문을 벌컥 열 때쯤엔 눈물범벅이 된 얼굴을 한 혁중이 이미 마당을 가로질러 모습을 감춘 뒤였다.

# 초희

 균의 건천동 집을 찾은 혁중은 날이 저물어 가는데도 귀가할 생각이 아예 없어 보였다. 균은 안채의 둘째 형 내외에게 부탁해 슬픔에 휩싸인 벗을 하룻밤 자기 방에서 재우기로 했다.
 "마음을 굳게 먹어야 해. 좌의정 대감은 포기를 모르시는 분이니까."
 균이 침울하게 말했다.
 "이제 어떻게 해야 하지? 하늘이 맺어준 천륜을 끊어내야 할까?"
 혁중의 물음에 균은 한참 동안 대답하지 못했다. 긴 숨을 내쉰 뒤 그가 겨우 입을 뗐다.
 "천륜을 먼저 끊은 건 너의 아버지와 형이야. 게다가 그 두 분은 배오개 왈짜패를 내세워 상인들로부터 뇌물을 뜯어 왔어. 처벌해야 해."
 바닥만 물끄러미 바라보던 혁중이 가느다란 목소리로 물었다.

"평시서 직장이 쓴 고변 서류를 쥐고 계시니 어쩌지?"

균이 이마를 잔뜩 찌푸린 채 대답했다.

"네가 엿들었다는 말이 맞는다면, 당장 그 문서를 쓸 생각은 전혀 없으서. 우릴 족제비 무리와 한패로 엮어 일망타진할 계획이신 거야."

"그럼 족제비를 잡아들여 자복을 받아내려 하실 텐데, 당분간 멀리 도피라도 시켜야 하지 않을까?"

"족제비를?"

혁중이 고개를 끄덕였다. 균이 팔짱을 끼며 대답했다.

"그럴 필요는 없어. 족제비를 그냥 두고 사태가 어찌 돌아가는지 볼 거야."

"위험하지 않을까?"

고개를 가로저은 균이 침착하게 다시 대답했다.

"좌의정 대감이 무슨 일을 계속 벌이도록 만들어야 해. 그래야 실수도 하게 되는 법이니까. 기회를 잡으려면 우리가 먼저 위험해져야 해."

혁중은 균이 하는 말의 의미를 모두 이해할 수 없었지만, 자신의 남은 인생을 그에게 의지해야 할지도 모르겠다고 생각했다.

달빛이 고왔다. 나란히 잠든 균 옆을 벗어나 뜨락으로 홀로 나선 혁중은 조용히 흐느꼈다. 그는 단 한 번도 외롭다고 느낀 적이 없었다, 언제나 동지들이 곁에 있었기 때문이다. 하지만 그는 문득 자신을 낳다가 죽었다는 친모를 떠올리며 완벽히 혼자가 된 기분에 빠져들었다. 그래서인지 혁중은 자신 곁으로 살며시 다가오는 누군가의 발걸음 소리를 전혀 듣지 못했다.

"균이 친구니?"

젊은 여성이 묻는 말에 급히 뒤돌아본 혁중은 멍하니 상대를 바라보기만 했다. 균보다 조금 나이가 들어 보였지만, 한눈에 봐도 총명한 눈빛이며 이목구비가 뚜렷한 생김새며 균의 누이 허초희임이 분명했다. 혁중이 고개를 숙이고 말했다.

"초희 누님이시군요? 균의 벗 강혁중이라고 합니다."

혁중 앞으로 살짝 다가선 초희 몸에선 연한 난초 향기가 났다. 그녀는 달빛 아래 환히 드러난 낯선 소년의 아름다운 얼굴을 짐짓 감상했다.

"듣던 것처럼 참 잘 생겼네? 이 시각까지 안 자고 뭐해?"

당황한 혁중이 망설이며 대답하지 못하자 초희가 뒷짐을 지고 연못가로 발길을 옮기며 말했다.

"난 밤새 시집을 읽다 잠이나 깨볼까 어슬렁대는 중이었어. 계집 주제에 무슨 공부냐고? 흥! 우리 집안이 조금 독특해. 돌아가신 아버님께서 딸도 아들과 똑같이 배워야 한다고 믿으셨거든. 정말 깨인 분이셨어."

그녀를 뒤따라 걸으며 혁중이 말했다.

"허엽 선생 말씀은 저도 많이 들었습니다."

갑자기 뒤돌아선 초희가 물었다.

"그런데 너희 집안 서인당이라며?"

혁중이 뭐라 말을 꺼내려다 멈췄다. 심술 맞게 변한 표정과 달리 볼에 살짝 팬 그녀의 보조개는 자신을 향해 웃는 것처럼 보였다. 초희가 다시 입을 뗐다.

"뭐 괜찮아. 그깟 당색이 뭐가 중요해? 어쨌든 너와 균이는 그걸 초월해 벗이 됐잖아? 사람이 중요한 거지. 안 그래?"

혁중이 미소 지으며 고개를 끄덕였다. 초희는 잠시 전까지 혁중이 사무쳐 있던 슬픔을 마치 마술처럼 한순간에 녹여 버렸고, 설명할 길 없는 깊이로 위로를 건넸다. 혁중은 자기 마음 안에서 조금씩 일렁이기 시작한 파도의 정체를 이해하기 힘들었다. 그가 힘들게 입을 열었다.

"저에 대해 드릴 말씀이 있습니다."

초희가 호기심 어린 표정으로 혁중을 쏘아봤다. 둘이 나란히 서자 초희의 훤칠한 키가 두드러졌다. 그녀가 장난스런 눈빛으로 혁중을 살짝 내려다보고 있었다.

"제 신분에 대한 겁니다."

혁중이 다시 말하자 초희가 갑자기 깔깔대며 웃기 시작했다. 그건 평범한 조선 처자들이 자신의 본심을 감추려들 때 흔히 보이는 모습과 너무 달랐다. 그녀는 호탕하게 웃고 나서 혁중의 어깨를 툭 치며 말했다.

"너 서자라고? 그게 뭐 어때서? 부끄럽니?"

혁중은 상대의 분방한 태도에 넋을 잃고 대답할 말마저 한순간 잃어버렸다. 그녀가 연못물을 손바닥에 담더니 혁중 얼굴에 살짝 끼얹으며 다시 말했다.

"친구야, 정신 차려!"

"친구요?"

"그럼! 친구지! 사람이 사귀는 데 그깟 나이 몇 살이 뭐가 문제람? 난 팔백 년 전의 당나라 시인 이태백과도 벗하는 몸이야. 남자와 여자의 구별도 의미 없다고 믿어. 그런데 서자? 웃기지 않니? 다 힘센 양반들이 벼슬 독점하려고 부린 장난에 불과해."

혁중은 말없이 고개를 끄덕였다. 그는 그동안 자신이 놓치고 살던 미지의 땅을 발견한 기분이었다. 동료 서자들과 무예를 익히고 미래를 꿈꾸며 막연히 설레고 두려워하던 지난날이 오로지 오늘밤의 만남을 위한 지루한 과정에 지나지 않았다는 생각마저 들었다.

"혁중아! 나 허초희는 특별한 사람이야."
"어떻게 특별하죠?"
"그냥! 그냥 그렇게 태어났어. 아주 어렸을 때부터 평범하긴 글렀었지."

봉은사 승방에서 사명당과 마주앉은 일곱 살의 초희는 울적한 얼굴로 힘겹게 입을 뗐다.
"여자로서만 살아야 한다니 갑갑해요. 스님을 뵈면 잠시 가슴이 트이지만, 그 역시 오래 가진 않습니다."
청초한 이목구비에 총명한 눈동자를 한 어린 초희가 사명당을 똑바로 쳐다봤다. 그녀의 당돌함에 어느덧 익숙해진 사명당이 천천히 말했다.
"초희야. 너나 네 동생 균은 재주가 너무 넘친다. 넘치는 재주는 화를 부르지. 이 사바세계는 부처의 힘이 두루 미치지 않는 불완전한 세계니라. 무조건 세상과 싸우려만 들지 말고 타협할 건 적당히 타협하면서 살거라."
초희가 입술을 불쑥 내밀며 속삭였다.
"여자라고 집안에만 갇혀 사는 건 너무 분해요. 오빠들처럼 마음껏 돌아다니고 싶거든요. 말도 타보고 싶고."
그녀가 허공에 주먹을 휘두르며 말을 이었다.

"싸움도 한번 해보고 싶어요."

염주를 집어든 사명당이 미소를 지으며 말했다.

"그건 다음 생에 해보면 어떻겠니?"

볼을 씰룩인 초희가 한숨을 내쉬고 대답했다.

"부처님께서 꼭 남자여야만 했단 증거는 없잖아요? 왜 성불은 남자만 할 수 있나요?"

사명당이 껄껄 웃어젖힌 뒤 타이르는 말투로 대답했다.

"부처께서 왜 구태여 남자이셔야만 했는지는 나도 의문이다. 또 성불은 남자만 하는 것이 아니야. 법신불에 남자와 여자의 구별이 어디 있겠니? 그건 그저 속세의 논리다. 다만 깨달음에는 순서라는 것이 있다. 네가 사는 이 속세가 속세라 불리는 이유가 있지 않겠니? 그러니 다음 생을 도모하며 불심을 닦으면 된다."

초희가 분한 표정으로 벌떡 일어서며 말했다.

"다음 생이 아예 없으면요? 그럼 너무 억울하잖아요? 지난번엔 말씀이 달랐어요! 현세에 충실하면 얼마든 남자처럼 살 수 있다 하지 않으셨나요?"

사명당이 따라 일어서며 대답했다.

"벌써 가려고? 그럼 어서 가거라! 저번 얘기는 남자처럼 살 수단은 얼마든 있다는 말이었지. 씩씩하고 정다운 남편을 만나면 그 도움을 받아 세상 구경 실컷 해볼 수 있지 않느냐?"

콧방귀를 뀐 초희가 몸을 홱 돌리며 혼잣말로 중얼댔다.

"남자한테 의지하긴 싫단 말이에요."

초희가 잠시 생각에 잠겼다가 사명당 쪽으로 몸을 돌려 예를 갖추고 말했다.

"누구에게도 빌붙지 않고 제 힘으로만 살 거예요. 제겐 남편보단 벗이 더 필요해요!"

한숨을 내쉰 사명당이 고개를 끄덕거리며 어서 나가보라는 손짓을 했다.

초희가 연못가를 따라 사뿐사뿐 걷기 시작하자 그녀 등 뒤로 드리운 그림자가 기이하게 좌우로 춤을 췄다. 그 모습을 발견한 혁중이 뭐라 말하려다 멈췄다. 남궁두였다.

"내가 그런 사람이라 이거야. 사명당께서도 날 이기진 못했다고!"

초희가 중얼대며 혁중을 돌아봤다.

"네 표정 왜 그래? 뭐, 못 볼 걸 봤어?"

혁중이 고개를 가로젓자 그의 앞으로 성큼 다가선 초희가 다시 물었다.

"너, 내 부하 할래?"

당황한 혁중이 자신도 모르게 또 다시 머리를 가로저었다.

"균이 부하는 되고, 왜 난 안 돼? 내가 균이한테 질 것 같아? 이래배도 무예를 꽤 익혔어."

초희가 혁중의 목을 향해 손날로 때리는 시늉을 했지만 혁중은 가만히 서서 반응하지 않았다. 그는 당장 그녀 손을 잡고 속마음을 전하고 싶었지만 어디선가 보고 있을 남궁두가 신경 쓰였다.

"여기 누군가 더 있어요."

혁중이 속삭이자 초희가 주변을 둘러본 뒤 시큰둥하게 물었다.

"누가 있다는 거니? 설마 도둑이 들진 않았을 테고."

혁중은 남궁두에 대해 말하려 했지만 단념했다. 초희가 남궁두의 존재에 대해 전혀 모를 수 있었고, 설령 안다 해도 그가 그림자로 변하는 인간이라고 설명할 엄두가 나지 않았다. 그런 혁중의 마음을 꿰뚫어본 듯, 초희가 짓궂은 표정으로 속삭였다.

"그림자를 본 거야?"

놀란 혁중이 되물었다.

"그림자라뇨?"

"그림자 말이야. 검은 그림자!"

"네? 어쩌면, 아니, 아마 그럴 거예요."

몸을 잔뜩 낮춘 초희가 고양이처럼 온몸을 웅크리고 이리저리 움직이기 시작했다. 슬머시 다시 나타난 그림자는 그런 그녀의 우스꽝스런 움직임을 등 뒤로 따라붙으며 똑같이 흉내 냈다. 혁중이 초희 등 쪽을 손가락으로 가리키자 그녀가 자신의 등을 터는 몸짓을 하며 말했다.

"그만 떨어지세요! 잠도 없으신가?"

초희로부터 물러난 그림자는 물컹한 검은 덩어리로 변하더니 이내 남궁두의 모습을 갖춰갔다. 초희가 물었다.

"이 시각에 여긴 웬일이세요?"

남궁두가 크게 입맛을 다시고 대답했다.

"균이 부탁으로 며칠 전부터 너희 집을 지키는 중이다."

"좌의정으로부터요?"

"그렇지! 만사는 불여튼튼이라더구나."

살짝 웃음 지은 초희가 혁중을 향해 말했다.

"걱정 마! 균이가 아는 거라면 나도 다 알고 있어. 말하자면 난 너희 무리의 숨은 두목이야."

그 말을 들은 남궁두가 한숨을 쉬며 도로 그림자로 변했다. 혁중이 물었다.

"어디까지 알고 계세요?"

"모조리! 균과 난 어릴 때부터 비밀이 없어."

"그럼 허봉 형님께서도?"

"아니, 둘째 오빠는 몰라! 이건 우리만의 비밀 사업이지."

통행금지인 야금을 어기고 밤의 한양 거리를 걷는 건 멋진 일이었다. 남궁두가 함께 하기에 가능했다. 초희는 집에서 가급적 멀리 벗어나보기를 원했지만 순라군들 때문에 성균관이 있는 숭교방에서 멈춰야 했다.

성균관 앞을 흐르는 시내에 걸쳐진 다리인 반교를 멀리 바라보던 혁중이 입을 뗐다.

"저는 평생 건널 수 없는 다리예요."

초희가 자신의 그림자로 변해 있는 남궁두를 힐끗 내려다본 뒤 혁중 옆에 가까이 서며 말했다.

"저긴 나도 들어갈 수 없어."

둘은 서로를 바라보며 쓴웃음을 지었다. 혁중이 초희의 손을 가볍게 쥐자 남궁두의 헛기침 소리가 들려왔다. 급히 손을 뗀 혁중이 속삭였다.

"저곳에 들어가 보는 꿈을 수도 없이 꿨었어요. 정작 저곳에 들어갈 수 있는 형은 공부가 모자라 아버지의 힘으로 관직을 얻었지요. 세상은 그런 편법을 음서제도라고 부릅니다. 서자인 전 감히 상상도 할 수 없는 행운을 형은 아무 일도 아니란 듯이 거

머쥐곤 했어요. 그러고도 천진함을 유지하는 게 너무 신기했지요."

발끝에 걸린 조약돌을 차며 초희가 이어서 입을 열었다.

"난 한시 짓는 실력으론 균이 못지않아. 글공부도 많이 했어. 돌아가신 아버님께선 딸도 아들처럼 현명해져야 한다며 균이랑 날 똑같이 공부시키셨거든. 생각하면 참 고마운 일이지만, 그 덕에 세상 이치를 너무 많이 깨친 것 같아 슬프기도 해."

"왜 슬프죠?"

잠시 망설이던 초희가 진짜 슬픈 표정으로 대답했다.

"날 감당할 남자가 없어. 평범한 사내는 날 만족시켜줄 수 없거든. 난 너무 멀리 있거나 높이 있는 것들을 꿈꿔. 오빠들보다 더 힘차게 세상을 날아보고 싶기도 해."

초희의 손을 다시 잡은 혁중이 망설임 끝에 작은 소리로 속삭였다.

"저는 어때요?"

초희가 혁중에게 얼굴을 가까이 대며 물었다.

"뭐가?"

초희의 그림자로 있는 남궁두 쪽을 본 혁중이 초희 귀에 대고 나직이 속삭였다.

"저라면 어때요?"

"뭐가 어때?"

혁중이 목소리를 더 낮추고 말했다.

"허초희를 만족시킬 수 있을까요?"

얼굴이 붉어진 초희가 역시 자기 그림자를 내려다본 뒤 들릴 듯 말 듯 조용히 대답했다.

"너라면, 뭐 나쁘지 않아."

키득거리며 웃는 두 사람 뒤로 길게 늘어난 초희의 그림자가 말했다.

"다 들린다, 네 녀석들 소리! 그냥 크게 떠들거라."

초희가 화 난 표정으로 그림자를 밟는 시늉을 하며 말했다.

"그림자는 그냥 그림자처럼 계셔 주시면 안 돼요?"

그림자가 다시 쪼그라들어 이리저리 멋대로 춤을 추기 시작했다. 혁중이 반교를 향해 천천히 앞서 걸으며 말했다.

"이곳은 원래 숭교방이지만, 성균관 유생들끼린 반교방이라 부른대요. 자부심의 표현이지요. 한양 사람들도 여길 그냥 반교동이라고도 불러요."

걸음을 따라잡아 혁중 옆에 서며 초희가 물었다.

"여기 유생들을 정말 부러워했구나?"

"가질 수 없으면 더 열망하게 되거든요."

대답하는 혁중의 눈빛에 슬픔이 감돌았다.

두 사람이 춤추는 그림자를 데리고 반교 주변을 서성일 때, 멀리서 종소리를 울리며 뛰어오는 순라군들의 등불이 보였다. 놀란 두 사람은 골목길로 몸을 숨겼고, 그림자가 넓게 퍼지며 순라군들을 뒤덮었다. 난데없이 나타난 그림자로 인해 주변이 어두워지자 당황한 순라군들이 갈팡질팡하며 이리저리 흩어졌다. 곧이어 어디선가 휘파람 소리까지 울려 퍼지자 그들은 귀신을 봤다고 착각해 멀리 도주해 버렸다.

골목길 안 으슥한 곳에서 서로를 끌어안은 남녀는 아주 오래 포옹을 풀지 않았다. 그들은 살짝 입술도 맞췄다. 초희가 속삭였다.

"널 선택했어."

혁중이 살짝 머리를 가로저으며 말했다.

"전 서자예요. 아마 균이도 반대할 걸?"

혁중을 깊게 안은 초희가 대답했다.

"그건 문제 안 돼. 너흰 무륜당원이잖아?"

"무륜당?"

"인륜을 무시하고 천하를 누비는 의적이잖아? 난 그 의적을 돕는 여자 의적이고."

"그래서 저와 함께하겠다고요?"

고개를 크게 끄덕인 초희가 부드러운 목소리로 대답했다.

"혁중이가 아니라 무륜당 영웅을 따르는 거야! 세상을 평등하게 바꾸고 자유롭게 만들 거잖아? 나도 함께할게! 평범하게 살긴 싫어!"

두 남녀가 길고 길며 달콤하고도 달콤한 시간을 보내는 동안, 그들이 머문 담장 위 나뭇가지에 걸터앉은 남궁두는 아스라이 멀어진 자신의 젊은 날을 추억이나 하는 듯 하늘 높이 파르스름하게 떠있는 달을 하염없이 바라보고 있었다.

## 비밀장부

저녁 식사를 일찍 마친 좌의정은 외출 채비를 했다. 평상복을 걸치고 집을 나선 그는 주변을 잔뜩 경계하며 경복궁 정문을 스쳐 서촌 쪽으로 걸음을 옮겼다. 대궐에 올릴 식재료들을 관리하는 내수사 근처 골목으로 들어선 그는 익숙한 동작으로 한 주점 안에 들어섰다.

"아이쿠, 황 진사님 오셨습니까요?"

주점 주인은 그의 정체를 모른 채 그냥 부유한 진사쯤으로 알고 있었다. 가장 후미진 자리에 앉은 좌의정은 누군가를 오래 기다렸다. 마침내 건장한 사내 하나가 주점 안으로 들어서더니 말없이 좌의정 앞자리에 앉았다.

"이제부터 정신 차려야 하네,"

좌의정이 나지막이 속삭이자 상대가 삿갓을 들어 올려 가로로 길게 째진 날카로운 눈매를 드러내며 대답했다.

"여부가 있겠습니까? 하명만 하십시오."

고개를 끄덕인 좌의정이 술과 안주를 주문한 뒤 다시 입을 뗐다.

"박 포교! 서자 놈들을 족제비랑 엮어 처단하는 건 우선 승중이에게 맡겼네."

박 포교로 불린 사내가 고개를 갸웃하며 물었다.

"도련님 성격이 유순하여 제대로 처리하시겠습니까? 차라리 제가 도맡는 게 좋지 않을까요?"

튀어나온 입을 더욱 삐죽 내밀며 좌의정이 대답했다.

"일단 잡아들이는 것까지만 시킬 거야. 나머지 귀찮은 일들은 자네 포청 쪽에서 깔끔히 마무리하게. 무엇보다 승중이가 제 손으로 동생까지 잡아들인다면 모양이 좀 좋은가? 그 공을 핑계로 바로 병조나 이조의 당상관에 앉힐 수 있게 돼. 훨씬 쓸모가 있게 되질 않겠나?"

"하지만 아무리 서자라도 동생은 동생이온데?"

"닥치게! 난 우리 모임이 정권을 몽땅 틀어쥘 수 있다면 승중이도 포기할 준비가 돼 있어. 그 정도도 못한다면 어디 그게 사낸가?"

"네. 잘 알겠습니다."

숨을 잠시 고른 좌의정이 주위를 한 차례 훑고 나서 들릴 듯 말 듯 속삭였다.

"문제는 장부야."

고개를 앞으로 잔뜩 내민 박 포교가 물었다.

"그 장부 말씀이십니까?"

"그렇지! 달구란 놈이 영리한 줄은 알았지만 그리 치밀할 줄은 몰랐어. 그 끄나풀 녀석 말이 사실이라면, 뇌물 액수와 받은 자 이름을 빼곡히 적어 왔다는 거 아닌가?"

박 포교가 두 손을 깍지 끼며 다시 물었다.

"왈자패 패두가 쓴 장부 따위가 뭔 문제 되겠습니까? 거짓이라 하면 거짓이 되고, 날조라 하면 날조가 되는 것이지요. 우리 사람들이 포청만이 아니라 형조와 의금부에도 쫙 깔렸는데 뭘 근심하십니까?"

좌의정이 입술을 살짝 떨며 대답했다.

"그게 단순치가 않네. 서자 패거리 가운데 동인당 영수였던 허엽의 막내아들이 끼어 있어."

"그야 그렇지만, 아직 입에 젖비린내도 안 가신 꼬맹이 아닙니까? 그게 뭔지나 알겠습니까?"

"그러길 바라네만, 혁중이 녀석이 승중이보다 영리하지 않은가?"

"그렇지요. 서자인 게 아깝다고 늘 말씀하셨지요."

인상을 찌푸린 좌의정이 신경질적으로 말을 이었다.

"그딴 소리 관두게! 아무튼 그런 혁중이를 거느릴 정도라면,

어리다고 마냥 우습게 볼 순 없잖은가?"

박 포교가 고개를 갸웃한 채 답이 없자 좌의정이 다시 말했다.

"허균 위로는 바로 허봉이 있어! 동인당의 핵심 아닌가? 장부가 그들 형제 손아귀에 흘러 들어가면 골치 아프네. 그 전에 되찾아오거나, 만에 하나 그들이 갖고 있다면."

"갖고 있다면 어째야 합니까?"

좌의정이 깊게 숨을 내쉬고 입을 열었다.

"빨리 제거해야 돼."

박 포교가 좌의정을 물끄러미 바라보고만 있었다. 탁주로 목을 축인 좌의정이 천천히 다시 입을 열었다.

"승중이에게도 장부를 찾아내라 말해는 뒀네만, 이 건은 자네가 주도면밀하게 처리하게."

"말끔하게 하란 말씀이시죠?"

좌의정이 한 마리 매처럼 사납게 속삭였다.

"아주 말끔히!"

배오개 패두 자리를 빼앗긴 달구는 한양에서 살아남기 위해 몸부림쳤다. 옛 부하들을 수소문해 찾아다니기도 하고, 평소 뇌물을 먹여 온 관리들을 만나려 안간힘을 써보기도 했다. 하지만 어느 누구도 달구를 만나거나 그의 말에 귀기울여주지 않았다.

그는 하루아침에 살아 있지만 죽은 자가 됐다. 유일하게 그를 찾아온 건 형조 좌랑 한 사람뿐이었다.

달구를 운종가 국밥집에 데려가 먹을 것까지 사준 좌랑은 회계장부에 대해 집요하게 물어왔다. 게걸스레 밥을 입에 넣던 달구가 배시시 웃으며 말했다.

"제가 예상은 했습죠. 누군가 그게 필요하면 반드시 먼저 찾아올 거라고. 아무도 안 오지 뭡니까? 근데 좌랑께서 바로 그게 필요하시다?"

좌랑이 천천히 고개를 끄덕이며 대답했다.

"그러하다. 가지고 있느냐?"

달구가 수저질을 멈추고 골똘히 생각에 잠겼다. 수저로 국밥 그릇을 톡톡 치던 그가 마침내 입을 열었다.

"쉰네가 가지고 있다 하면 뺏은 뒤 죽이실 테고, 없다 하면 저같은 놈 돼지든 말든 버려두실 셈 아니십니까? 결국 죽을 길밖에 없는 셈입죠?"

긴장한 좌랑은 조금도 움직이지 않고 달구를 노려보기만 했다. 피식 웃은 달구가 다시 말했다.

"순진하시긴! 저 같은 놈 죽여 봐야 무슨 득실이 있간? 그럴 리는 없겠고! 내 솔직히 말씀드릴 테니 뭐 하나만 부탁합시다."

"우선 말부터 해 보거라."

부러진 두 다리를 어루만지던 달구가 나지막이 속삭였다.

"장부는 뺏겼소. 배오개를 차지한 서자 놈들한테! 안 믿기실 테지만, 그놈들 틀림없이 양반가 서자 놈들이 틀림없었거든! 하지만 어린 것들이라 그게 뭘 의미하는지 잘은 모를 겁니다. 허나 교활한 족제비 놈은 알겠지! 족제비라고 아십니까?"

좌랑이 고개를 끄덕이자 달구가 다시 말했다.

"족제비가 움켜쥐고 있을 겁니다. 그게 우리한텐 생명줄 같은 건데, 그걸 그냥 버릴 리가 있간?"

좌랑이 다시 고개를 끄덕인 뒤 천천히 자리에서 일어나려고 했다. 달구가 급히 소리쳤다.

"부탁은 들어주셔야 하는 거 아닌가배?"

엉거주춤하다 제 자리에 도로 앉은 좌랑이 물었다.

"뭘 원하느냐?"

두 손을 모은 달구가 간절한 눈빛으로 말했다.

"쇤네는 떵떵거리는 높으신 대감님들은 잘 모릅니다. 그저 낮은 품계의 관리들로부터 돈 준비하란 명령이 떨어지면 뼈 빠지게 번 걸 바치고 또 바쳤을 뿐입니다."

"그런데?"

"억울하지 않겠습니까?"

"억울해? 뭐가?"

"얼굴도 모르는 분들께 그 많은 돈 거저 바치는 거 말입니다. 그래서 이 천하의 달구가 조정의 대신들을 죄 먹여 살렸단 기록 하나쯤 남겨두면 어떨까 생각했을 뿐입니다! 쉰네가 설마 누굴 협박하려고 그런 걸 만들었겠습니까? 좌랑께서 어쩌다 그런 장부가 있다는 걸 아셨는지 모르겠으나, 쉰네는 이제 그딴 거 다 필요 없고 아예 관심조차 없습니다!"

"그런데?"

"배오개 장터를 다시 차지하고 싶습니다."

좌랑은 칼집을 만지작거리며 오래도록 달구를 쏘아봤다. 달구가 눈을 부릅뜨고 말을 이었다.

"곧 족제비를 잡아들이실 거 아닙니까? 기왕 그러실 거라면, 뒷배인 서자 녀석들까지 모조리 역적으로 몰아 없애 버리십시오!"

침묵하던 좌랑이 가늘게 되뇌었다.

"역적이라…."

달구가 고개를 끄덕이며 다시 말했다.

"쉰네에게 좋은 꾀가 있습니다. 그놈들을 모조리 역적으로 몰 증거만 있으면 될 일 아닙니까?"

"그런 게 있겠느냐?"

"있습니다! 평시서 고 직장이란 자가 있습니다. 그자만 만나게 해주십시오!"

 좌랑은 달구를 작은 수레에 싣고 육조로를 향해 움직였다. 수레를 끌던 좌랑이 호조 건물이 멀리 나타나자 갑자기 걸음을 멈췄다. 달구가 급히 물었다.
 "힘드십니까?"
 가만히 서서 대답하지 않던 좌랑이 고개도 돌리지 않은 채 속삭였다.
 "하나 묻겠다. 혹 넌 내 이름을 알고 있느냐?"
 달구가 좌랑의 등을 물끄러미 바라보다 대답했다.
 "가끔씩 뵙는 관원 이름을 어찌 다 기억하겠습니까만, 그래도 제게 고마운 분들 정도는 잊지 않고 사는 편입죠."
 "그러니까 안다는 말이냐?"
 "형조와 의금부 쪽은 대충 압니다. 강승중 좌랑 아니십니까?"
 승중의 어깨가 미세하게 움찔했다. 숨을 고른 승중이 몸을 돌리더니 입을 열었다.
 "사람들 눈에 쉽게 띌 텐데, 그 꼴로 관청에 들어갈 순 없지 않느냐? 널 인왕산 자락 아래 내려놓겠다. 그런 후에 내 호조로 가 직장을 불러내 데리고 가마."
 달구가 천천히 고개를 끄덕였다. 승중은 육조로를 비껴 지나

인왕산 아래로 수레를 몰기 시작했다. 땀으로 관복 등이 모두 젖을 정도로 그는 서둘렀다. 그 모습을 바라보던 달구가 초조한 목소리로 물었다.

"이 근처 으슥한 골목 아무데나 세우고 다녀오십시오. 생각해 보니 인왕산 자락까지 갈 필요 있겠습니까?"

승중은 대답하지 않았다. 달구가 다시 큰 목소리로 물었다.

"애초 국밥집에서 제가 기다려도 됐잖습니까? 뭘 이런 수고를 하십니까?"

승중은 여전히 잠자코 수레만 끌었다. 달구는 그제야 상대의 속마음을 깨달았다. 그가 수레로부터 벗어나기 위해 발버둥치자 승중이 수레를 멈추고 다가와 말했다.

"가만히 있거라. 당장 여기서 널 벨 수도 있다."

달구가 주변을 둘러보니 다니는 행인 하나 없는 외진 골목에 바람 소리만 귓가로 들려왔다. 승중은 다시 수레를 몰아 기어코 인왕산 자락까지 이르렀다. 달구가 물었다.

"사람 죽일 자리를 가리시는 걸 보니, 이번이 처음이신가배?"

칼을 빼든 승중이 달구에게 다가섰다.

"무엇이 처음이라는 거냐?"

숨을 몰아쉰 달구가 입술을 뒤틀며 대답했다.

"사람 죽이는 거 말이요. 처음이시지? 무기도 없는 상대를 찌르는 게 사내로서 떳떳한 일은 아니잖소?"

칼끝을 달구 목에 겨눈 승중이 연신 흐르는 땀을 이리저리 훔쳐가며 말했다.

"네 놈은 너무 많은 걸 안다. 살려둘 수가 없다."

달구가 그런 승중의 모습을 바라보다 느긋하게 수레 난간에 몸을 기댔다.

"쉰네가 아는 게 뭐가 위험합니까? 다리병신이 된 뒤론 옛 부하들조차 거들떠보지 않습니다. 누가 제 말을 믿어주기라도 한답니까? 장부는 족제비에게 있는데, 왜 쉰네 따위를 신경 쓰십니까? 죽여야 한다면 급한 건 저 족제비 놈 아닙니까?"

두 손으로 칼을 움켜쥔 승중이 여러 차례 내리치려다 말기를 반복했다.

"한양을 아예 떠나겠습니다. 암, 그럽죠! 그리하겠습니다! 다만 고 직장만 만나게 해주신다면, 서자 놈들까지 싹 쓸어버릴 비책을 알려드립죠! 정녕 그게 안 필요하십니까?"

천천히 칼을 내린 승중이 속삭였다.

"고 직장은 죽었다."

승중을 멀뚱히 바라보던 달구가 마른침을 삼키고 어깨를 늘어뜨렸다.

"그렇습니까? 누가 그랬습니까?"

"그건 알 거 없다. 그러니 모두 포기하고 한양을 떠나라."

달구가 말없이 고개를 끄덕였다.

"바로 떠나 돌아오지 마라. 다음엔 자비가 없다."

말을 마친 승중은 칼을 칼집에 넣고 천천히 멀어져갔다. 그가 완전히 사라진 걸 확인한 달구는 힘들게 수레에서 기어 내려와 주변의 인가를 향해 움직이기 시작했다. 고 직장과 함께 고변서마저 사라져 버린 이상 그에겐 남은 희망이 없었다. 유일하게 남은 건 목숨뿐이었다.

달구가 인가를 향해 기기 시작하고 얼마 지나지 않아 누군가의 두 다리가 갑자기 그의 눈앞에 나타났다. 상대를 승중이라고 생각한 달구가 몸을 들어 올려다보자 전혀 낯선 사내가 그를 굽어보고 있었다. 가로로 길게 째진 사내의 날카로운 눈매에선 살기가 뿜어져 나왔다.

온몸이 포승줄로 의자에 칭칭 감긴 채 깨어난 달구가 주변을 천천히 둘러봤다. 포도청이나 전옥서는 아니었다. 잘 정리된 누군가의 집 헛간으로 보였다. 자신의 다리 쪽을 내려다본 달구가 저만치 서있던 사내를 향해 시선을 옮겼다. 사내의 눈매는 여전히 매서웠다. 달구가 키득거리며 소리쳤다.

"이미 다리병신인데 다리는 왜 묶었소? 쓸데없는 짓이요! 대체 여긴 뉘댁이요?"

달구가 말을 마친 순간 그의 등 쪽 헛간 문이 삐걱거리며 천천히 열렸다. 달구는 볼 수 없는 누군가를 향해 사내가 넙죽 허리 숙여 예를 올렸다. 달구의 등 뒤에서 깊고 차분한 숨소리가 규칙적으로 들려왔다. 두려워진 달구가 최대한 고개를 뒤로 돌리며 소리쳤다.

"누구슈? 높으신 양반이신가배?"

대답을 기다렸지만 등 뒤에선 고른 숨소리 외엔 들려오지 않았다. 달구가 다시 소리쳤다.

"아예 손톱만치도 엮이기 싫으시다? 깔끔한 양반이신가배? 그럼 쇤네가 먼저 말씀 올리리다! 뉘신지 모르겠지만 배오개 두령 자리만 되찾게 해주시오! 내 그러면 무슨 짓이든 다 해드릴게!"

등 뒤로부터 대답은 없었다. 대신 사내가 다가와 물었다.

"장부가 네게 없는 게 확실하냐?"

달구가 절망에 찬 목소리로 흐느끼듯 속삭였다.

"애초부터 장부가 목적이셨구먼? 어차피 날 죽일 심산이시지? 다른 건 몰라도 내가 죽을 자리는 잘 알아본다 이 말씀이야. 죽기 전에 하나만 물어봅시다! 내가 비밀장부 만든 건 어찌 아셨소?"

또 다시 침묵이 이어졌다. 사내가 무언가 지시를 받은 듯 헛간

문을 밀고 밖으로 나갔다. 그 사이 달구가 뒤쪽을 향해 말했다.

"날 부하로 거두시면 어떻소? 충성을 바칠 테니."

미세한 웃음소리가 등 뒤에서 들려왔다. 달구는 목숨을 건지기 위해 필사적으로 머리를 굴렸다. 그러던 중 사내가 누군가를 데리고 헛간으로 되돌아왔다. 사내 옆에 서서 사시나무 떨 듯 몸을 떠는 자를 슬쩍 올려다본 달구가 이를 악물고 신음했다. 계사였다.

"네 놈이었구나? 어쩐지 어디로 튀었는지 안 보이더라니!"

계사가 두 손을 모으고 사정하는 표정으로 말했다.

"두령! 배신이라굽쇼? 그저 살자고 이리 된 것입죠. 생각해 보십쇼. 족제비에게 죽느니 포청에 자수하는 게 낫겠다 싶었습죠. 살아야지 뭐 어쩝니까요?"

"그래서 장부니 뭐니 그 입으로 조잘조잘 잘도 놀려댄 게냐?"

"어쩝니까요? 두령도 병신, 아니 걷지도 못하는 비렁뱅이 신세가 됐는데. 저라도 살고 봐얍죠! 박 포교님 아니었으면 전 죽었습니다요. 두령님도 다 실토하시고 저처럼 광명 찾으십쇼!"

"저 자가 박 포교냐?"

"그렇습죠."

"네 놈이 그동안 저 자의 첩자 노릇을 해온 게로구나?"

계사가 달구 눈길을 피했다. 그런 계사를 지긋이 쳐다보던 달구가 느긋하게 물었다.

"네 눈에는 지금 내 등 뒤에 서 계신 분 얼굴이 보이느냐?"

계사가 달구 등 뒤의 인물을 힐끗 쳐다보고 대답했다.

"네! 아주 잘 보입죠! 절 살려주신 분인데. 얼마나 고맙고 황송한지. 에고!"

달구가 잠시 뜸을 들인 후 속삭였다.

"그렇다면 넌 죽었다."

"네? 무슨 말씀이신지?"

"이분 얼굴을 보고도 살 성싶으냐?"

사색이 된 계사가 뒤로 몇 걸음 물러섰다. 그 앞으로 성큼성큼 다가간 박 포교가 몽둥이를 들어 올려 계사 머리를 때리기 시작했다. 이리저리 쫓기던 계사가 마침내 달구 코앞에까지 이르렀다. 최후의 일격이 가해지자 그의 머리에서 뿜어져 나온 피가 달구 얼굴에 튀었다.

신음을 애써 삼킨 달구가 외쳤다.

"난 살려주시는 게요? 그러니까 얼굴을 못 보게 하신 게요? 아직 쓸모가 있다는 게요?"

한참 지나 처음으로 등 뒤의 인물이 입을 열었다.

"다리병신 죽여 봐야 뭐하겠느냐? 어차피 사람 구실 못하다 비명횡사할 텐데."

"그럼 풀어주십니까?"

또 다시 웃음소리가 먼저 들리더니 목소리가 이어졌다.

"계사 놈처럼 죽기 싫으면 시키는 대로 고분고분 따라야 할 것이야."

"물론입지요."

"따로 베껴놓은 별본의 장부는 없고?"

"없습니다!"

등 뒤의 숨소리가 조금 거칠어지더니 목소리가 다시 들려왔다.

"장부를 입수하면 진짜인지 가짜인지는 확인해 줄 수 있겠지?"

"있습니다! 뭐든 협조해 드리리다!"

달구가 다음 말을 기다렸지만 아무 인기척이 없었다. 박 포교가 그의 등 뒤로 돌아나간 후에 그저 살며시 열렸다 닫히는 문소리만 들려왔다. 크게 한숨을 내쉰 달구가 바닥을 내려다봤다. 아까부터 눈에 거슬리는 검은 그림자 하나가 자꾸 발치를 오락가락 하고 있었다. 눈을 질끈 감았다 떠 봐도 그림자는 그대로였다. 그림자는 점점 길어지더니 긴 원통형으로 변해 천정을 타고 밖으로 빠져나갔다. 달구는 심신이 지쳐 헛것까지 보인다고 생각했다.

# 형제애

형조 소속 군졸들이 족제비의 배오개 사무소를 습격한 건 깊은 밤이었다. 그들은 순식간에 왈짜패들을 제압했다. 변변한 저항조차 없이 사로잡혀 뜨락에 포박된 족제비가 대청마루 위에 선 형조 좌랑 강승중을 올려다보며 외쳤다.

"저희들은 선량한 상인들입니다요. 네네! 그런데 포도청도 아니고 형조에서 무슨 일로 이런 해괴한 일을 벌이시는 겁니까요? 자못 궁금합니다요, 네네!"

승중이 천천히 입을 뗐다.

"네 이놈! 달구란 놈의 부하들이 너희들 죄상을 이미 낱낱이 고변하였다!"

족제비가 이를 악물고 소리쳤다.

"그놈들은 배오개 장터를 휘젓던 천하의 악당들입니다요! 시장 사람들에게 죄다 물어보십시오. 어디 그따위 잡놈들 말을 믿으시고 이리 하시는 겁니까요? 억울합니다요! 네네!"

승중이 발을 동동 구르며 외쳤다.

"너희 왈짜패가 한양 서자 패거리와 어울려 못된 짓을 저지른다는 고변을 부인하는 게냐? 서로 대질해도 그리 뻔뻔하게 굴 테냐?"

족제비가 머리를 바닥에 조아리며 대답했다.

"서자 패거리란 말은 처음 듣습니다요! 결단코 그런 일이 없습니다요, 네네!"

희미한 웃음을 머금은 승중이 외쳤다.

"네놈과 어울린 서자 놈들 생김새를 증언해줄 상인들은 많고도 많다. 모진 고문에 고생하지 말고 빨리 이실직고하여 네 살길을 찾거라!"

족제비가 입을 뾰쪽 내밀며 말했다.

"마치 서자들 명단이라도 가지고 계신 것처럼 말씀하십니다요?"

몸을 움찔한 승중이 잠시 머뭇대는 사이 사무소 입구 쪽에서 작은 소란이 벌어졌다. 이윽고 포교 한 명이 포졸들을 이끌고 들어섰다. 박 포교였다. 승중이 의아한 표정으로 박 포교에게 물었다.

"오늘 옥사는 형조가 맡는다. 형조판서께서 포도청에 이미 알렸을 텐데?"

박 포교가 거만한 말투로 대답했다.

"그 지시가 바뀌었습니다. 방금 전에."

승중이 대청에서 한 걸음 내려서며 다시 물었다.

"바뀌어? 그것도 방금 전에?"

"그렇습니다."

"판서의 지시를 누가 감히 바꾼단 말이냐? 게다가 종사관도 아닌 일개 포교를 보내?"

박 포교가 몇 걸음 다가서며 속삭였다.

"애초 판서께 그 지시를 내리셨던 분께서 바꾸셨겠지요?"

당황한 승중이 또 물었다.

"판서께 지시를 내리셨던 분이라면? 좌상 대감께서?"

고개를 끄덕인 박 포교가 능글맞은 표정으로 대답했다.

"맞습니다! 좌랑의 아버님이신 좌의정 대감께서 그리하셨습니다. 아, 하시던 일은 계속 하십시오! 저는 심문엔 참여치 않고 증거 몇 점만 가져가겠습니다."

"증거를 가져가면 심문은 뭘 가지고 하느냐?"

대청으로 오르려던 발걸음을 멈춘 박 포교가 돌아보며 말했다.

"꼭 필요한 것만 가져가겠습니다. 어차피 여긴 저희 우포청 관할 아닙니까? 좌랑께선 아버님 명령만 충실히 따르시면 됩니다."

승중은 사무소 안으로 걸어 들어가는 포교의 뒷모습을 우두커니 바라봤다. 골똘히 생각에 잠겼던 그가 족제비에게 다가서서 물었다.

"지금 저 안에 뭐가 있느냐?"

족제비가 딴전을 피우며 대답했다.

"글쎄요. 뭔가 긴요한 걸 가져가시려나 봅니다. 네네!"

족제비의 멱살을 쥔 승중이 다시 물었다.

"뭐가 있냐고 물었다. 비밀 장부냐? 알고 있지 않느냐?"

족제비가 한숨을 내쉰 뒤에 낮은 목소리로 대답했다.

"달구란 놈이 가지고 있던 것들이 고스란히 남아 있긴 합니다. 비밀장부가 뭔지는 몰라도, 뭐 그런 게 없으란 법도 없겠지요? 네네!"

승중은 잠시 망설였다. 안절부절 못하던 그가 마침내 큰 숨을 몰아쉬고 사무소 안으로 뛰어 들어갔다.

승중이 내실로 진입했을 때, 벽장을 뒤지던 박 포교가 문서 하나를 대충 훑고는 잽싸게 소매 안으로 집어넣고 있었다. 그 모습을 본 승중이 박 포교 팔뚝을 틀어쥐며 말했다.

"지금 그게 무엇이냐? 어서 내놓거라!"

승중을 빤히 쳐다보던 박 포교가 음산한 표정으로 속삭였다.

"아직 제가 일개 포교로 보이십니까? 좌의정 대감을 생각하신 다면 가만히 시키는 일만 하시지요."

분노로 얼굴이 일그러진 승중이 검을 빼려 몸을 조금 물렸다. 그 짧은 찰라 포교의 발이 더 빨리 움직여 승중의 가슴을 때렸다. 박 포교가 쓰러진 승중을 향해 주먹질하려는 자세를 취하려다 멈추고 말했다.

"죄인들 심문만은 깔끔하게 해놓으십시오. 놈들 입에서 나오는 자들은 모조리 저희 우포청으로 압송토록 지시하셔야 합니다."

밖으로 나가려던 그가 한마디 덧붙였다.

"시장판의 건달 목숨 하나 제대로 못 거둔다면, 어디 장차 큰일 하시겠습니까?"

말을 마친 박 포교는 자신이 인솔해온 포졸들과 함께 서둘러 자리를 떴다. 멍하니 천정을 올려다보던 승중은 일어나지 않은 채 그대로 누워 있었다.


복면을 한 초립둥이들은 배오개 사무소 담장을 뛰어넘자마자 형조의 군졸들을 때려눕히기 시작했다. 군졸들이 몽둥이를 휘둘러봤지만 날랜 그들은 상대 어깨를 딛고 이리저리 옮겨 다니며 급소를 공격했다. 싸움은 싱겁게 끝이 났다. 묶여 있던 족제비와 그의 부하들을 풀어준 초립둥이들은 내실에서 뛰어나오는 승중을 발견하고 뒤로 물러섰다.

"감히 국법에 도전하려는 것이냐?"

칼을 뽑은 승중이 우렁차게 외쳤다. 키가 큰 데다 장검을 휘두르는 승중에게 그보다 체구가 작은 초립둥이들이 맨몸으로 맞서는 건 불가능했다. 승중을 에워싼 초립둥이들이 멈칫대고 있을 때, 또 다른 초립둥이 한 명이 사무소 담장 안으로 날아들어 가볍게 착지했다. 혁중이었다.

"네 녀석일 줄 내 알고 있었다. 조금이라도 아버님 생각을 한다면 순순히 오라를 받아라!"

승중이 칼을 고쳐 쥐고 앞으로 나서며 소리쳤다. 형 앞으로 천천히 다가선 혁중이 쓸쓸한 표정으로 말했다.

"어차피 좌상 대감과 작당하고 절 없애시려는 것 아니었습니까? 무슨 국법을 운운하십니까? 좌상 대감께서 뭐라 하셨는지 모르오나 다 거짓이었을 겁니다."

"작당이라? 거짓이라?"

"그렇습니다! 혈육인 절 죽여서까지 죄를 덮으려는 게 작당 아니면 무엇입니까?"

승중이 할 말을 잃고 바라보기만 하자 혁중이 다시 입을 열었다.

"좌랑께선 천하태평 순진하시지 않습니까? 뭐든 좌상 대감 명이라면 잘 따르시지 않습니까? 의심이란 걸 한 번도 해보지 않은 팔자 좋은 적자시지 않습니까? 이제 와서 뭐가 궁금하긴 하신 겁니까?"

승중이 동생의 가슴에 칼을 겨누며 속삭였다.

"뭘 알고 있는 게냐? 혹시 엿들었느냐? 그날 밤 엿들었던 게냐?"

쓴웃음을 지은 혁중이 대답했다.

"실은 그날 밤 전 모든 걸 자복하고 좌상 대감께 제발 여기서 멈춰 주십사 부탁드리러 갔었습니다. 그런데 좌랑께서 먼저 와 계시더군요."

"그랬구나. 그랬었어."

승중이 칼을 내리자 혁중이 한 발 더 다가서며 말했다.

"좌랑! 이제부터 제가 드리는 말 잘 들으십시오!"

승중이 허탈한 표정으로 물었다.

"아버님 얘기더냐?"

"그렇습니다! 좌상 대감을 포함한 이 나라 고관대작들의 부끄러운 민낯에 대한 겁니다."

고개를 숙이고 한숨을 내쉰 승중이 다시 물었다.

"그 장부를 이미 본 게로구나? 그렇지? 도대체 거기에 무슨 내용이 담겨 있더냐?"

"그 장부는 달구가 관에 뇌물을 바치며 작성한 겁니다. 뇌물 액수와 전달 일시가 빼곡히 적혀 있었습니다."

"나도 그 정도는 안다."

"아시면서 좌상 대감을 말리지 않으신 겁니까? 말리시기는커녕 하수인으로 도우신 겁니까? 예전의 착하고 겸손했던 형님은 도대체 어디로 가신 겁니까?"

고개를 저은 승중이 천천히 대답했다.

"이 나라를 구하려면 우리 서인당이 집권해야 되지 않느냐? 그러려면 사람들을 모아야 하고, 또 그러려면 돈도 필요한 법이다. 아버님께선 결코 탐관오리가 아니시다. 대의를 취하시려다 작은 잘못을 저지르신 것뿐이다."

혁중이 세차게 고개를 가로저으며 외쳤다.

"온갖 뇌물이 형조와 호조를 장악한 서인들을 타고 대궐로 마구 흘러가고 있었습니다. 그런데 나라를 위한다고요? 흥! 그건 다 거짓말입니다!"

"말 함부로 하지 말거라!"

승중이 다시 칼을 들어 아우의 얼굴을 향했다. 그 칼을 뿌리치며 혁중이 말했다.

"어찌 나라 걱정을 서인당만 하란 법이 있습니까? 동인당 사람들은 모두 역적이라도 된답니까? 서자에 동인과 서인의 구별이 없듯, 충신에게도 그따위 구별은 없습니다. 어찌 그리 순진하십니까? 어찌 그리 미련하십니까?"

화가 난 승중이 칼을 휘둘러 혁중의 초립 끝부분을 벴다. 눈 하나 꿈쩍하지 않은 혁중이 오히려 승중의 가슴 안쪽으로 파고들며 다리를 걸어 넘어뜨렸다. 바닥에 쓰러진 승중이 재빨리 칼을 들어 동생의 목에 대며 외쳤다.

"너라고 더 이상 봐주지 않는다."

혁중이 천천히 뒤로 물러서며 물었다.

"대궐로 들어간 뇌물이 서인당 사람들에게만 흘러간 줄 아십니까?"

칼을 집고 일어서며 승중이 되물었다.

"그럼 아니냐? 그 돈이 동인당 사람들과 무슨 상관이 있겠느냐?"

혁중이 망가진 초립을 벗어 땅에 던지며 대답했다.

"뇌물은 동인과 서인을 가리지 않고 흘러들어 갔습니다."

"어째서 서인당의 정치자금이 동인들에게까지 흘러갈 수 있단 말이냐?"

혁중이 몇 걸음 더 물러서자 그의 몸 반이 밤의 어둠 속으로 사라져갔다.

"뇌물은 당파와 상관없이 뿌려졌습니다. 좌상 대감께선 서인당을 내세우시지만, 오직 자신의 정치적 탐욕만이 중요하신 분입니다. 모르시겠습니까? 당은 그저 명분일 뿐입니다. 제발 더 이상 속지 마십시오!"

혁중의 몸이 점점 어둠 저 멀리 멀어져 갔다. 승중이 그제야 주변을 돌아보니 다른 초립둥이들과 족제비 일당은 이미 모두 사라지고, 바닥 여기저기에 쓰러진 군졸들만이 신음 소리를 내고 있었다. 승중이 어둠 속을 향해 고함쳤다.

"그럼 난 이제 어찌해야 되느냐?"

한참 뜸을 들인 뒤에 멀리서 혁중의 목소리가 들려왔다.

"아무 일도 마시고 그냥 가만히 계십시오. 형조로 돌아가 다 놓쳤다 고하고 퇴청하시면 됩니다. 나머진 저희가 처리하겠습니다."

균의 맏형 허성은 다른 형제들과 떨어져 한양 명례방에 살고 있었다. 둘째인 봉이 건천동의 본가를 물려받았기 때문이다. 성은 봉과 균 그리고 초희 삼남매와는 어머니를 달리하는 이복형제였다. 집안 막내였던 균과 초희 남매는 나이 차이가 제법 나는 그를 돌아가신 아버지처럼 여기며 지내온 터였다.

"정말 큰오빠 이름이 그 장부 안에 있어?"

초희가 걱정스런 목소리로 물었다.

"있어."

균은 짧게 대답하고 장부를 도로 서랍 안에 집어넣었다.

"둘째 오빠한테 알려야 하지 않니?"

초희가 봐선 안 될 걸 본 사람처럼 초조한 눈빛으로 물었다.

"알리면 봉이 형님 성격에 가만히 계시겠어? 불같이 화내며 임금님께 달려가실 거야. 그럼 큰형님까지 다쳐."

균이 대답하고 서안에 팔을 걸쳤다. 그는 맏형을 의심해야 하는 이 상황이 괴롭기 그지없었다. 초희가 그런 남동생을 물끄러미 바라보다 다시 입을 열었다.

"우리 오빠들이 서로 너무 안 맞긴 하지."

둘째인 봉이 과격할 정도로 솔직하고 개방적이었던 아버지를 빼닮았던 반면, 맏이인 성은 늘 유연하고 신중하다 못해 주변으로부터 줏대 없는 위인이란 평가까지 받고 있었다. 균이 말했다.

"더 심각한 건 다른 동인당 사람들 이름도 장부 안에 많이 들어가 있다는 거야."

고개를 끄덕인 초희가 물었다.

"그럼 이제 어떡하지? 저 장부로 좌의정을 칠 수 없다면?"

균이 머리를 긁적이다 대답했다.

"좌의정이 서인당 영수 행세는 하고 있지만, 속셈은 딴 데 있음이 분명해. 우리 생각보다 야심이 훨씬 큰 사람이야."

"그게 뭘까? 좌의정보다 더 높은 자리?"

초희와 정면으로 눈이 마주친 균이 고개를 저으며 입을 열었다.

"임금? 아냐, 그건 아닐 거야."

"그럼 뭐? 그 노인네 딸도 없어서 왕의 장인인 국구가 될 수도 없고."

"차츰 알아봐야지. 아무튼 저 장부는 좌의정의 가장 큰 약점임은 분명해. 그가 계속 무리수를 두도록 만들 거야. 그럼 반드시 빈틈이 생길 테니까."

균 앞으로 바싹 다가앉은 초희가 다시 물었다.

"이건 정말 만에 하난데, 어쩔 수 없이 우리가 저 장부를 써야만 한다면 말이지."

"써야 한다면? 그럼 뭐?"

"저 뇌물 장부 중심에 좌의정이 있다는 걸 어떻게 증명하지? 그냥 동인과 서인의 관료들 이름이 뒤죽박죽 뒤섞여 있다면? 노인네가 시치미 뚝 떼면 그만 아냐?"

희미한 웃음기를 머금은 균이 대답했다.

"뇌물의 흐름이 분명히 드러나 있어. 좌의정은 배오개 장터의 돈을 주로 호조와 형조 중심으로 빨아들인 다음 자신의 심복들이 관리하도록 했거든. 그 심복들 명단이 소상히 적혀 있어."

"그 심복들 윗선으로까지 추적할 수는 있고?"

"있어! 심복들이 뇌물을 위에 바치며 자기 몫도 단단히 챙겨야 했거든. 그들은 윗선 몫이라는 핑계로 항상 달구에게 별도의 뇌물을 요구했던 것 같아. 달구는 그때마다 그 이름들을 꼼꼼하게 기록해 뒀어."

"좌의정 턱밑까지?"

"턱밑까지! 계사가 매일 기록하는 회계일지 끝단에 달구가 별도로 써 뒀더라고. 달구가 기억력이 좋았는지 얻어들은 이름들을 그때그때 작은 글씨로 덧붙여 놨어. 심지어 품계와 관직명까지."

"그럼 큰오빠 이름도 거기에?"

균이 말없이 고개를 끄덕였다. 그때 방문 밖에서 누군가 걸어오는 발소리가 들려왔다. 균이 급히 문을 열자 혁중이 서 있었다. 혁중이 어색한 웃음을 지으며 말했다.

"이제 난 돌아갈 집도 없잖아? 재워줄 수 있나?"

화마

장부를 움켜쥔 좌의정의 손이 부들부들 떨렸다. 분노가 극에 달한 그가 장부를 서재 바닥에 내동댕이치더니 맞은편에 앉아 있던 박 포교를 향해 부르짖었다.

"틀림없느냐? 정녕 이게 가짜란 말이냐?"

고개를 숙인 박 포교가 침통한 목소리로 대답했다.

"헛간에서 달구 녀석한테 똑똑히 확인했습니다! 분명 자신이 적은 장부가 아니라 했습니다."

"그럼 이게 위조라는 건데, 누가 이렇게 할 수 있단 말이냐? 무식하기 짝이 없는 족제비란 놈이 했단 말이냐? 아니면 애송이에 불과한 허균 녀석이 했단 말이냐?"

잠시 침묵하던 박 포교가 대답했다.

"족제비일 리는 없사옵고, 했다면 허균 일당일 겁니다."

자신의 손바닥을 마주 비비며 불안해하던 좌의정이 마침내 매의 부리 같은 입술을 씰룩이며 외쳤다.

"우리가 착각했어! 허균 그놈 보통 녀석이 아니다! 어린놈들이라고 방심했어! 장부의 성격을 완전히 알지 못하고선 저런 위조 장부를 만들 수가 없다. 다 들킨 거야. 다 들켰어! 내 허성과 친분이 있어 봐 주고 있었는데, 이젠 안 되겠다. 그 집안을 쓸어버려야겠다!"

"그럼 허성과 허봉까지 모두?"

"허성은 놔둬라. 어차피 우리한테 붙지 않았느냐? 허봉은 아직 이 사실을 모르는 게 틀림없다. 그 불같은 성격에 알았다면 주상한테 득달같이 달려갔겠지! 그 아래까지만 싹을 잘라내자! 빠를수록 일이 쉬워진다."

박 포교가 천천히 좌의정에게 다가앉으며 물었다.

"포도청을 끼고 합법적으로 할까요? 아니면 소인의 숨은 재주를 오랜만에 펼쳐 볼까요?"

박 포교를 물끄러미 바라보던 좌의정이 속삭이듯 대답했다.

"재주 아껴뒀다 뭐하겠느냐?"

고개를 끄덕인 박 포교가 일어서려다 말고 다시 물었다.

"달구는 어떻게 할까요? 이참에 싹 정리해 버릴까요?"

잠시 고개를 숙이고 있던 좌의정이 나지막이 대답했다.

"우선 둬봐라. 거름으로라도 쓸모가 있을지 모르잖느냐?"

"거름이라 하셨습니까?"

"그래! 서자 놈들과 족제비 무리가 싹 죽고 나면, 그런 짓을 한 범인이 필요할 게 아니냐?"

"다리도 못 쓰는 자가 말입니까?"

좌의정이 음산하게 웃으며 박 포교의 어깨를 쓰다듬었다.

"달구 녀석이야 다리도 못 쓰지만, 그 녀석에겐 옛 부하들이 있지 않느냐? 그놈들 짓으로 엮어 사건을 덮거라!"

박 포교가 가만히 고개를 끄덕였다.

균이 잠든 걸 확인한 혁중은 잠자리를 몰래 빠져나와 정원을 거닐었다. 초희가 자신의 마음을 알아준다면 틀림없이 그녀도 나타날 거라고 그는 믿었다. 초희는 거짓말처럼 혁중이 그런 마음을 품는 순간 살며시 모습을 드러냈다. 둘은 반가운 마음에 서로 얼싸안고 말았다.

"도사님이 계시지 않을까?"

혁중이 주변을 둘러보며 속삭였다. 초희가 혁중의 볼에 입 맞추며 대답했다.

"벌써 알 거 다 아시는데 뭘?"

둘의 입맞춤은 길고 달콤하게 이어졌다. 갑자기 혁중을 밀어내며 초희가 볼멘 목소리로 말했다.

"그런데 너, 허락도 없이 반말이야?"

당황한 혁중이 초희의 눈길을 피하며 대답했다.

"서로 친구라고 했으니까."

피식 웃음을 삼킨 초희가 혁중을 다시 끌어안으며 속삭였다.

"그건 맞아! 벗이란 말이지, 속세의 모든 걸 벗어나서 벗인 거야."

"누가 그래요? 아니, 누가 그러지?"

환하게 미소 지은 초희가 혁중의 손을 잡고 연못가로 움직이며 대답했다.

"사명당께서!"

"그 유명하시다는 스님?"

자신의 이마를 혁중의 이마에 살짝 대며 초희가 다시 대답했다.

"그래! 사명당께서 벗이 날 구원해줄 거라고 하셨어."

"남편이 아니고?"

"아니, 벗이!"

혁중이 연못물을 물끄러미 내려다보며 말했다.

"혼인하지 않고 산다는 뜻이네."

자신의 팔을 혁중의 어깨에 슬쩍 걸친 초희가 웃으며 입을 뗐다.

"혼인은 그냥 맹세 같은 거야. 지키지 않으면 아무 쓸모도 없는. 하지만 벗은 그런 약속 따위로 얻을 수 없어. 우정은 말이야. 마음이 움직여 벌인 일이라서 마음이 있는 한 영원한 거야!"

"마음은 바뀌기도 하지 않나?"

"어리석은 대중들이 다른 게 바뀐 걸 마음이 바뀐 걸로 착각하는 거야. 마음은 언제나 그대로야. 만약 바뀐다면 그건 마음이 아니지."

자신의 어깨 아래로 드리운 초희의 손을 쥐며 혁중이 물었다.

"그럼 마음이 하는 일을 절대 속일 수가 없겠네?"

"그럼!"

초희가 혁중의 볼에 부드럽게 입 맞췄다. 혁중의 두 팔이 초희의 허리를 감싸자 그녀의 몸은 잔뜩 부푼 풀무처럼 얇고 가벼워졌다. 하필 그때 누군가의 헛기침 소리가 들려왔다. 그게 남궁두가 낸 소리라고 여긴 초희는 혁중을 자신의 품에서 풀어주지 않았다.

"그냥 가만히 있어."

두 사람은 아주 오래 서로를 안고 쓰다듬었다. 한참의 시간이 흐르고 나서야 초희는 혁중의 몸을 자유롭게 놔주었다. 그제야 천천히 소리가 났던 쪽으로 얼굴을 돌린 그녀가 화가 난 사람처럼 갑자기 굳은 표정을 지었다. 동생 균이 빙글빙글 웃으며 두 사람을 바라보고 있었다.

초희와 혁중은 변명을 늘어놓지 않았다. 그들은 서로의 손을 놓지도 않았다. 나란히 서서 땅을 바라보고 있던 두 사람은 곁눈질로 서로를 쳐다보며 웃음을 삼켰다. 균이 입맛을 쩍 다신 뒤 비로소 입을 열었다.

"음과 양의 조화라. 하긴 이 덧없는 우주 속에 뭐가 더 필요하겠어? 감축! 나 신경 쓰지 말고 대자유를 즐겨!"

혁중이 머리를 살짝 조아리며 들릴 듯 말 듯 조용히 속삭였다.

"고맙네."

그런 그를 흘겨본 초희가 당당한 목소리로 균에게 말했다.

"부처님께선 이 세상을 자유자재 사시다 가셨어! 나도 그럴 셈이니 상관 마셔!"

균이 혁중을 바라보며 말했다.

"들었지? 저 낭자는 보기보단 간수가 어려울 거야. 친구에겐 결코 소개하기 싫은 쪽이랄까? 아무튼 서로 벗이라니 내 무슨 수로 막겠어?"

건천동 균의 집 주변을 긴 호를 그리며 감시하던 그림자가 뭔가를 발견한 듯 쏜살같이 담장 아래로 모습을 감췄다. 모두 잠에 빠진 깊은 밤, 남궁두는 낯선 침입자를 조용히 주시하며 다른 무리가 더 따라오는지도 살폈다. 침입자는 한 명뿐이었다. 불길했다.

그림자는 균과 혁중이 잠들어 있는 방안으로 서둘러 스며들었다. 남궁두가 잠든 균의 귀에 대고 속삭였다.

"기다리던 놈이 왔다."

몸을 벌떡 일으킨 균이 혁중을 깨웠다.

"혁중아! 물고기들이 어항 안에 들어왔다."

튕기듯 일어선 혁중이 재빨리 옷을 갖춰 입기 시작했다. 남궁두가 그림자인 상태로 말했다.

"그런데 물고기가 한 마리다."

문득 동작을 멈춘 균이 남궁두에게 물었다.

"한 마리라고 하셨습니까?"

"그렇다. 이상하지 않느냐?"

허리띠를 조인 균이 고개를 갸웃하며 되물었다.

"이상하군요. 아무 대비 없이 저 혼자 있을 거라고 생각한 걸까요?"

"그럴 리가 있느냐?"

"그럴 리는 없겠죠! 굉장히 강한 녀석일까요?"

잠시 뜸을 들인 남궁두가 나지막이 속삭이듯 대답했다.

"뭔가 불길하다. 우리가 판 함정을 눈치 챈 것일 수도 있다."

고개를 저은 균이 말했다.

"좌의정이 함정이라 의심했다면 자기 사람을 아예 보내지 않았을 겁니다. 어쨌든 도사님께서 계시니 뭐가 두렵겠습니까? 사로잡아 자백을 받아낸 뒤 좌의정 대감을 압박하면 그것으로 족합니다. 우리에겐 장부에다 인질까지 있으니, 결국 못 견디고 스스로 자리에서 물러나시겠지요."

균과 혁중이 방문을 박차고 나가 정원 구석에 몸을 숨겼다. 남궁두 역시 연못 가장자리에 검은 그늘로 넓게 퍼지며 침입자를 기다렸다. 잠시 후 침입자는 몸을 솟구쳐 가볍게 담장을 넘더니 새처럼 사뿐하게 땅에 발을 디뎠다.

혁중이 균에게 속삭였다.

"저 자를 알아."

균이 조용히 물었다.

"누구지?"

"족제비 사무소에 나타났던 포교야."

균이 어이없다는 표정으로 소리 없이 웃었다. 반면 이상한 불안감으로 긴장한 남궁두는 조금씩 침입자인 박 포교에게 접근해 갔다.

"너 둔갑술사냐?"

문득 걸음을 멈춘 박 포교가 남궁두 쪽을 바라보며 말했다. 놀란 남궁두가 그림자의 넓이를 최소한으로 줄인 뒤 박 포교 얼굴을 향해 날아갔다. 박 포교는 남궁두의 공격을 살짝 피하며 몸을 굴렸다.

"재주가 꽤 좋구나. 모습을 드러내고 정면으로 붙지 그래?"

몸을 일으킨 박 포교가 느긋하게 말했다. 그 순간 구석에서 뛰쳐나온 균과 혁중이 상대를 향해 돌진했다. 균의 방망이는 박 포교의 다리를, 혁중의 발은 상대 머리를 향했다. 박 포교는 둘의 공격을 몇 번의 잽싼 뒷걸음으로 벗어나더니 제자리에 우뚝 서서 움직이지 않았다.

"둘은 물러서 있거라. 예사롭지 않은 자다."

남궁두가 균과 혁중에게 말하며 서서히 사람 형체를 만들었다. 그 모습을 바라보던 박 포교가 속삭였다.

"오랜만에 재미있는 밤을 보내겠구나. 둔갑술사 따윈 내 상대가 되지 않는다."

눈을 감은 박 포교가 나지막이 무슨 말인가를 중얼대기 시작했다. 그 소리를 들은 남궁두가 균에게 말했다.

"저건 불가에서 빠릿짜라 부르는 진언이다. 주문 비슷한 것이니라."

균이 방망이를 고쳐 쥐며 물었다.

"괴승이로군요! 어찌 하면 없앨 수 있습니까?"

남궁두가 균을 뒤로 밀치며 대답했다.

"너희 힘으로 이길 수 없다! 바른 도의 기운인 도력이 사악한 기운에 무릎 꿇게 되면 마귀의 길로 빠지게 된다. 저 녀석은 마귀다!"

남궁두의 말이 끝나기가 무섭게 혁중이 박 포교를 향해 몸을 날렸다. 그는 초희를 보호해야겠다는 일념 하나로 상대 목에 자신의 단검을 꽂아 넣었다. 공중에서 빙글 몸을 회전해 착지한 혁중이 박 포교 쪽을 돌아봤다. 박 포교는 자신의 목에서 천천히 검을 뽑아냈는데 놀랍게도 피 한 방울 나지 않았다.

"쇠로는 날 어쩌지 못한다! 오히려 내 힘을 더 키워 주지."

말을 마친 박 포교가 몸에 힘을 잔뜩 쥐고 눈을 부라리자 그의 몸이 점점 분홍빛으로 물들기 시작했다. 연꽃처럼 고운 빛깔로 너울대던 그의 몸은 마침내 거센 불길에 휩싸여 활활 타올랐다. 남궁두가 혁중을 향해 외쳤다.

"불귀신인 화마다! 어서 피하거라!"

혁중은 오히려 불타고 있는 박 포교의 몸을 향해 다시 달려들었다.

"불타는 마귀라면 잿더미로 만들어주마!"

박 포교의 어깨에 두 발을 딛고 선 혁중이 두 손으로 쥔 단검을 상대 이마에 힘차게 박았다. 순간 박 포교의 얼굴에서 불꽃이 튀며 화염이 뻗어 나와 혁중의 몸을 튕겨냈다. 땅에 부딪혀 나뒹굴던 혁중은 곧바로 일어났지만 자신의 몸에 불이 붙었음을 깨달았다. 열기가 온몸에 퍼져나가자 그는 숨을 쉬기조차 힘들어졌다.

재빨리 그림자로 바뀐 남궁두가 혁중 곁으로 날아갔다. 그는 혁중의 몸을 밀어 연못물에 빠트리고 박 포교 앞을 가로막아서며 외쳤다.

"네 아무리 화마라 한들 민가를 다 태워서야 되겠느냐? 그리되면 천하의 신선 도인들이 널 가만두진 않을 게다! 나와 인적 없는 인왕산에서 겨루자꾸나!"

박 포교의 붉게 충혈된 눈동자가 사납게 남궁두를 노려봤다. 분노를 조절하지 못해 날뛰던 불꽃들이 차츰 가라앉더니 검은 연기로 바뀌었다. 박 포교가 대답했다.

"산에서 죽여주마!"

불꽃 덩어리로 변한 박 포교와 그림자가 된 남궁두가 인왕산 중턱 너럭바위 양 끝에 마주보고 섰다. 박 포교가 외쳤다.

"다시 말하지만 둔갑술사 정도는 내 상대가 안 돼!"

찐득한 검은 액체로 모였다 펼쳐지다를 반복하던 남궁두가 응수했다.

"내가 평범한 둔갑술사로 보이느냐?"

그 말이 끝나자마자 화염으로 타오르는 박 포교의 몸과 탱글탱글한 검은 공처럼 변한 남궁두의 몸이 서로에게 달려들어 바위 중앙에서 정면으로 부딪혔다. 둔탁한 충돌음과 함께 거대한 불기둥이 솟구쳐 하늘로 퍼지더니 다시 수직으로 낙하하며 바위를 두 동강 냈다. 삽시간에 불이 옮겨 붙은 주변 나무들이 힘없이 쓰러져갔다.

불덩이와 부딪혀 산비탈 멀리 나동그라졌던 남궁두가 비틀거리며 간신히 일어서서 말했다.

"네 녀석 단순한 화마가 아니었구나?"

다시 거대한 불덩이로 변한 박 포교가 남궁두 머리 위로 돌진해와 내리꽂혔다. 조금 전까지 남궁두가 서 있던 곳에는 마치 분화구처럼 둥글게 파인 자국이 생겨났다. 땅에선 푸르스름한 연기가 연이어 피어올랐다. 사람 모습으로 돌아온 박 포교가 남궁두가 있던 자리로 다가가 발로 여기저기를 훑기 시작했다.

"설마 벌써 죽은 거냐?"

아무 대답이 없었다. 엷은 미소를 띤 박 포교가 등을 돌리고 걸음을 옮기려 할 때, 무언가 물컹한 게 그의 발목을 움켜잡았다. 그가 뒤돌아보자 흐릿한 그림자의 끄트머리가 손 모양이 되어 그의 발에 달라붙어 있었다.

"오냐! 끈기가 그 정도는 돼야 둔갑술사지. 끝내 주마!"

말을 마친 박 포교가 불덩어리로 변해 사나운 기세로 그림자 위를 덮쳤다. 그는 자신이 지닌 공력을 온통 끌어 모아 남궁두를 태워 버리려고 했다. 남궁두는 자신이 상대로부터 벗어날 수 없다는 걸 즉시 깨달았다. 박 포교가 불기운으로 결계를 만들어 탈출하지 못하도록 막고 있었기 때문이다. 남궁두가 속삭였다.

"네 놈은 신선들이나 가능한 결계까지 만들 수 있구나?"

온몸을 가열해 열기를 끌어올리며 박 포교가 외쳤다.

"상대를 가두는 술법인 결계도 못했다면 내 어찌 속세로 나왔겠느냐? 날 만난 걸 운이 없었다 여기고 이제 재가 되거라!"

잠시 조용하던 남궁두가 키득대며 웃었다. 박 포교가 당황해 물었다.

"웃는 거냐?"

그림자 전체에서 김이 솟아나오고 있었지만 남궁두는 느긋하게 대답했다.

"신선의 경지가 뭔지는 아느냐?"

"내 비록 신선은 아니지만, 신선으로부터 배운 몸이다! 이제 타 버려!"

그림자가 부글부글 끓으며 이리저리 꿈틀대기 시작했다. 몸이 증발해버리기 직전이었지만 남궁두는 두려운 기색 없이 말했다.

"네가 신선에게 배웠다면 난 신선이 됐던 몸이다. 네 녀석이 아까 그랬더냐? 쇠는 널 해치지 못한다고?"

마지막 힘을 쥐어짜며 박 포교가 대답했다.

"그렇다! 세상 어떤 강한 것도 날 뚫지 못한다! 다 녹여 버리니까!"

흐물흐물 녹아내리며 남궁두가 속삭였다.

"그러니까 네 녀석이 화마로 멈춘 거다. 어리석은 놈! 불은 물이 잡아먹지 않더냐?"

말을 마친 남궁두는 거대한 검은 물이 되어 불타는 박 포교의 몸을 삼켜 버렸다. 불덩이는 차츰 힘을 잃으며 치직거리다 식어 갔다. 검은 물속에서 허우적대던 박 포교는 공격을 포기한 채 탈출을 시도했다. 하지만 그가 아무리 용을 써도 검은 장벽을 벗어날 길이 없었다.

"자신의 결계만 알았지 내 결계는 몰랐구나?"

남궁두가 하는 말이 점점 희미하게 들리더니 멀리 사라져갔다. 마침내 박 포교는 검은 심연 속으로 가라앉으며 차갑게 식어 버렸다.

박 포교의 성명은 박사온이었다. 사온은 서얼이었다. 그는 충청도 양반이었던 아비가 젊은 시절 어린 몸종과 어울리다 낳은 자식이었다. 처음엔 집안사람 그 누구도 사온을 거들떠보지 않았다. 이름을 지어준 게 신기한 노릇일 정도였다. 그는 그렇게 있지만 없는 유령 같은 존재로 살았다.

사달은 아비가 혼인을 앞두고 벌어졌다. 사온 모자를 집안의 흑으로 여기던 박씨 집안은 버젓한 혼인에 오점이 될 수도 있는 두 사람을 내쫓으려 모질게 괴롭혔다. 멀쩡한 아들까지 둔 사온의 어미는 생계를 꾀할 별다른 재주가 없었기에 나가지 않고 버티려 온갖 수모를 견뎌내야 했다. 그 무렵 사온의 할머니가 그녀에게 한 말은 이러했다.

"우리 아들이 제법 괜찮은 가문에 장가들어야 한다. 하지만 너처럼 천한 첩이 있는 한 어디 제대로 면이 서겠느냐? 너희 모자 둘 다 집을 나갈 수 없다면 다른 수라도 내야지 별 수 있겠느냐?"

사온의 어미가 그 다른 수가 무어냐 묻자 할머니가 대답했다.

"못 나가는 이유가 사온이 때문이 아니냐? 사온이만 먹여 살릴 수 있으면 되는 거 아니냐? 우리가 잘 돌봐줄 테니, 너 혼자만이라도 나가거라."

오랜 고민 끝에 사온의 어미는 홀로 집을 나갔다. 그녀는 아들을 두고 떠나기 전 자신이 겪은 일들을 주저리주저리 넋두리하듯 털어놓았다. 그녀는 나이 어린 아들이 자기 말을 이해하지 못할 거라 여겼지만, 남모를 영특함을 안에 품고 지내던 사온은 어미가 하는 말 전부를 알아들었다. 그때 사온의 가슴에 작은 불길이 일렁이기 시작했다.

아비가 얻은 정실부인은 인근에서 내로라하는 명문가 출신에 얼굴도 고왔지만 마음은 사특하여 심술이 많았다. 그녀는 남편의 첩이 낳았다는 사온을 겉으론 평범하게 대했으나, 남들이 보지 않는 곳에선 벌레처럼 하찮게 다뤘다. 그녀의 학대는 자신에게 아이가 들어서자 더욱 심해졌다. 사온은 걸핏하면 배를 곯았고, 집안 머슴들과 함께 뙤약볕 아래에서 중노동에 시달렸으며, 한겨울에도 얇은 이불로 제대로 잠을 자지 못했다.

견디다 못한 사온이 아비에게 자신의 설움을 하소연하자, 차가운 표정이 된 아비는 이렇게 소리쳤다.

"먹여주고 재워주니 네놈이 뵈는 게 없구나? 어디 감히 날 아비라 부르는 게냐? 제대로 혼쭐이 나봐야 알아먹겠느냐?"

아비는 그날 사온을 죽기 직전까지 매질했다. 상처투성이로 모든 희망을 잃어버린 그에게 이제 마지막 남은 빛은 어딘가 살아 있을 어미뿐이었다. 하지만 그런 어미도 엄동설한의 추위가 몰아치던 어느 날 아침에 대문간에서 얼어붙은 시신으로 발견되고 말았다. 분노와 한이 얼마나 컸는지 사온에겐 눈물 한 방울 흘릴 감정조차 남아 있지 않았다.

어미 시신을 고향 뒷산에 파묻은 사온은 아무 미련 없이 집을 나와 전국 절들을 떠돌았다. 절밥 얻어먹는 것도 쉬운 일은 아니었지만 그동안 그가 겪은 고통에 비할 바는 아니었다. 그러던 중 그는 떠돌이 승려로부터 신기한 얘기를 듣게 됐다.

"속리산 깊은 골짜기 암자에 신선술을 닦는 자가 있더구먼. 아니, 그자가 신선일 수도 있어! 내가 그이 밑에서 한 반 년 도술을 익혔는데, 내 기량이 형편없어 그만 쫓겨났지 뭐여!"

아무도 그 승려의 말을 믿지 않았지만 세상에 더 바랄 것도 잃을 것도 없었던 사온은 승려에게 배운 재주 하나만 보여 달라고 부탁했다. 그러자 그가 말했다.

"어린놈이 신기하게 내 말을 다 믿어주네? 그분 말씀이 각자 자기 안에 쌓은 기질에 맞게 도력이 터진다고 했거든? 난 이런 거였지."

잔뜩 힘을 준 그는 꽤 오랜 시간 애쓴 끝에 한 움큼의 땀을 흘러냈다. 당시는 선선한 가을이어서 아무 움직임 없이 그 정도 땀을 내기도 쉽지 않은 일이었다. 언뜻 서툰 사기술 같기도 했지만 사온은 망설이지 않고 속리산으로 향했다.

천신만고 끝에 만난 속리산의 신선은 사온을 보자마자 이렇게 말했다.

"분노가 너무 많구나! 그것부터 다스리고 시작해 보자!"

이후 여러 해 동안 신선술을 닦으며 사온은 자신의 분노를 잘 다스렸다고 믿었다. 하지만 여러 관문들을 통과해 도력을 높여 가던 어느 날, 그는 꿈속에서 죽은 어미를 보며 잊힌 기억들을 생생하게 떠올리고 말았다. 그의 몸은 차츰 가열되더니 붉게 타올라 화염 덩어리가 됐다. 속리산 신선이 나타나 물 기운으로 꺼주지 않았다면 암자 전체가 타버릴 지경이었다.

신선은 그의 수행을 중지시키며 이렇게 말했다.

"계속 도를 닦다간 네 스스로 타죽지 않으면 세상 전체를 태워버리게 될 것이다. 여기서 멈추어라! 몸에 쌓인 화를 풀고 그저 평범하게 남은 삶을 살거라!"

"그럼 그 후 좌의정과는 어쩌다 만난 것이더냐?"

남궁두가 자신 앞에 쓰러져 있는 사온을 향해 물었다. 사온의 몸 곳곳엔 아직 남은 불씨들이 치직거리며 타고 있었다. 사온이 간신히 상체를 일으켜 세우며 대답했다.

"강자량 대감께서 사간원 헌납을 하실 때였다. 오래된 일이지."

"사간원 헌납이라면 대궐 안 내각의 요직이 아니더냐? 한낱 괴승에 불과했던 네가 어떻게 그리 높은 관리를 만날 수 있었더냐?"

사온이 긴 숨을 내쉬자 희뿌연 연기가 섞여 나왔다. 그가 천천히 입을 뗐다.

"사간원이란 곳이 대궐 안팎의 부정부패를 찾아내 임금께 보고하는 곳이다. 헌납은 그 보고서를 임금께 직접 전달하는 중요한 자리고."

"그 정도는 나도 안다. 이래봬도 과거공부를 했던 몸이시다."

남궁두의 말에 조금 놀란 표정을 짓던 사온이 말을 이었다.

"강 대감께서 암행어사로 충청도에 파견되신 적이 있었다. 헌납으로서 충청도관찰사의 비리를 탄핵했더니 직접 가서 바로잡고 오라는 어명이 있었다고 한다. 그때 대감께선 여러 차례 암살 위험에 처했었지. 그때 우연히 내가 돕게 됐었고…."

"수행하던 무사가 따로 있었을 텐데?"

"당시 충청도관찰사는 관곡을 빼돌려 여러 절에 숨겨 두고 있었다. 마침 내가 머물던 절을 탐문하던 대감과 호위무사들이 한밤중에 괴한들의 습격을 받았지. 관찰사가 보낸 암살조였다. 난 절에 든 도둑인 줄 알고 그들을 모조리 해치웠어. 그 일로 대감과 첫 인연을 맺었고."

남궁두가 팔짱을 끼며 물었다.

"불을 썼더냐?"

천천히 고개를 끄덕인 사온이 대답했다.

"딱 한 번! 그런데 그걸 대감께서 매의 눈으로 보셨다. 자신을 도와 큰일을 해보지 않겠냐고 권하시더군. 비천했던 삶에 비로소 한 줄기 햇빛이 드는 기분이었지."

"네 이놈! 불을 써서 도대체 무슨 나쁜 일을 해 온 것이더냐?"

잠시 망설이던 사온이 부르짖었다.

"우리 대감께선 정의로운 분이시다! 난 정말 필요할 때만 내 힘을 사용했어! 법으로도 어쩔 수 없는 악인들을 그냥 놔둘 순 없지 않느냐?"

사온을 지긋이 내려다보던 남궁두가 낮은 목소리로 말했다.

"지금의 좌의정은 결코 정의롭지 않다! 게다가 서인당만 정의롭다는 법이 어디 있더냐? 내 너를 죽이진 않겠지만, 다신 불을 쓰지 못하도록 기가 흐르는 길인 혈도를 부수겠다. 머잖아 의금부로 끌려가 네가 했던 짓들을 자복해야 할 것이다!"

사온에게 달려든 남궁두는 상대 몸 곳곳에 있는 혈도를 파괴해 더 이상 화기가 흐르지 못하도록 막았다.

## 원로회

 삼청동천 깊은 계곡에 모인 원로회 소속 관료들은 각자 자리를 잡자마자 탄식부터 쏟아냈다. 겉으로는 흐르는 물에 발이나 씻으며 풍류를 즐긴다는 의미로 '탁족회'라 불렸지만, 실제 이 모임은 경복궁 코앞의 의정부를 몰래 옮겨온 비밀 원로조직이었다. 좌의정 강자량을 중심으로 한 서인 세력이 주도했지만 일부 동인들도 가담해 있었다.
 가장 마지막에 나타난 좌의정은 하인들을 멀리 물리고 조심스레 입을 뗐다.
 "여러분들의 걱정을 충분히 알고 있으니 탄식 소리나 멈추세요!"
 여기저기서 볼멘소리가 연이어 터져 나오자 좌의정이 목청을 높였다.
 "저도 어지간하면 이 문제를 꺼내들지 않으려 했습니다. 서자 문제는 우리들 모두의 문제이고, 저 역시 이로부터 자유롭지 못하기 때문입니다. 서로가 서로에게 약점인 셈이지요. 허나, 이제 더 이상 감출 수 없을 지경에 이르렀습니다."

좌의정은 그동안 일어난 일들을 거듭 설명하고 크게 헛기침을 보탠 뒤 말을 이었다.

"이제 다들 사정을 이해하셨겠지요? 아실 분들은 다 아시다시피, 일곱 명의 서자들이 주동이 돼 '칠서회'라는 것이 만들어졌었습니다. 다 여기 계신 분들의 서자들 아니겠습니까? 술이나 마시고 행패나 부리던 그 녀석들이 요즘 들어 '무륜당'이라는 결사를 조직했어요. 부끄럽게도 제 못난 자식인 혁중이도 여기에 가담했더군요. 크게 꾸짖고 말려 했는데, 그 어린 녀석들이 우리 모임의 돈줄을 알아낼 줄 어찌 알았겠습니까?"

좌중이 다시 웅성대기 시작하자 좌의정이 크게 손짓을 해 만류하며 말을 이었다.

"제게 좋은 꾀가 있습니다! 아까 말씀드린 평시서 직장의 고변서를 이용하는 것입니다."

말없이 눈을 감고 있던 형조판서가 입을 열었다.

"그건 안 됩니다! 여기 모인 상당수 가문들이 역모죄에 연루될 거 아닙니까? 죄인들을 심문하는 도중 비밀장부 얘기가 안 나올 수도 없는 일이고 말입니다!"

수염을 쓰다듬던 좌의정이 눈을 치켜뜨며 대답했다.

"지금 극약을 처방할 수밖에 없는 상황임을 모르십니까? 우리 조직의 피해를 어느 정도 감수하고서라도 대마는 지켜야 한단 말입니다! 조선의 주인은 임금이 아니라 바로 우리들 원로 사림 세력입니다. 우리 조직이 온전치 못하면 조정은 불순한 자들로 뒤덮일 것이고, 어리석은 임금은 그들에게 휘둘려 국사를 망칠 겁니다. 제가 선봉장이 될 터이니 모두 합심해 도우셔야 합니다!"

호조판서가 은근한 목소리로 물었다.

"누굴 시켜 고변하시겠습니까? 직장은 이미 죽었는데?"

두 주먹을 움켜쥔 좌의정이 나지막한 목소리로 말했다.

"다행히 달구라는 배오개 패두가 제 수중에 있습니다. 죽은 직장에게 그 고변서를 쓰도록 시킨 자지요. 그리고 첫 고변은 제 아들 승중이가 받는 것으로 하겠습니다. 나머진 형조판서께서 잘 처리하시면 안 되겠습니까?"

이번엔 의금부 도사가 물었다.

"대감! 그리되면 고 직장 살해 사건이 또 도마 위로 오를 텐데요?"

교활한 미소를 머금은 좌의정이 좌중을 향해 대답했다.

"이미 죽은 직장을 누가 죽였는지 알게 뭡니까? 형조와 의금부에 우리 사람들이 죄 깔려 있습니다. 달구란 놈만 말을 잘 들으면 서자 녀석들에게 덮어씌울 수도 있을 겁니다. 물론 우리 희생도 필요하겠지요? 저 역시 반역자를 자식으로 둔 죄에서 벗어날 순 없을 겁니다. 잠시 귀양살이를 할 수도 있습니다! 특히 저기 계신 허 참판은 친동생 균을 잃게 될 겁니다."

멀찍이 앉아있던 허성이 조심스레 입을 열었다.

"저는 균이와 왕래 끊어진 지 이미 오래입니다. 비록 부친은 같지만 따로 살아온 세월이 길지요. 더 큰 화를 피하자면 어쩔 수 없단 생각입니다만."

좌의정이 고개를 끄덕이자 의금부 도사가 다시 물었다.

"비밀장부가 회수되지 못했잖습니까? 그게 일단 세상에 드러나게 되면, 오히려 우리들이 역도로 몰릴 것입니다. 의정부 아래 다른 의정부 조직이 있었음을 주상이 알면 또 가만히 있겠습니까? 게다가 과격한 동인 무리가 들고일어나기라도 해보십시오! 아무리 저희들이 아래에서 틀어막는다 한들 그게 되겠습니까?"

길게 한숨 쉰 좌의정이 대답했다.

"그 장부를 누가 만들었나요?"

의금부 도사가 의아한 표정으로 물었다.

"무슨 말씀이신지?"

"그 장부, 달구가 만든 거 아닙니까?"

"그렇지요."

"만든 사람이 스스로 거짓 장부였다 자복하면 그만인 거 아닙니까? 주상에게까지 이 소식이 올라가기 전에 증거 가치가 없어서 폐기처분했다 하십시오! 대체 뭐가 문젭니까?"

고개를 삐딱하게 꼬았던 의금부 도사가 무릎을 탁 치더니 빙그레 웃었다.

깊은 밤, 서재에서 단둘이 마주한 좌의정과 승중은 오래도록 말이 없었다. 이마에 맺힌 식은땀을 훔치며 승중이 먼저 입을 열었다.

"배오개 장터 건은 정말 면목 없습니다!"

혀를 끌끌 차던 좌의정이 입을 삐죽 내밀며 말했다.

"왈짜패 하나도 제압하지 못하다니, 엉성한 놈 같으니라고!"

고개 숙인 승중이 침울한 목소리로 물었다.

"소자 이제 어찌하오리까?"

좌의정이 긴 한숨을 내쉬고 되물었다.

"박 포교를 아무리 찾아도 없더란 말이지?"

"네! 갈 만한 곳들을 이 잡듯이 뒤졌는데도 보이지 않습니다."

눈을 감고 생각에 잠겼던 좌의정이 마침내 입을 뗐다.

"무륜당 녀석들에게 도력이 센 무사가 붙은 모양이다. 뭐, 됐다! 이제 상황이 달라졌어."

"어떻게 달라졌습니까?"

"달구 놈이 고 직장의 고변서를 들고 널 찾은 것으로 하자꾸나!"

승중이 놀란 눈으로 쳐다만 보자 몸을 서안에 기댄 좌의정이 속삭였다.

"뭘 그리 놀라느냐? 달구를 잘 구슬려 보거라. 인왕산 아래에서 네가 목숨을 한 차례 살려줬다 하지 않았느냐?"

"그렇긴 하오나."

"그런 은혜를 입었으니 네 말은 아마 잘 들을 거다. 안 그러하냐? 달구를 앞세워 서자 놈들을 역적으로 몰 생각이다. 원로회에서 이미 결정했다."

"원로회에서 말씀이십니까?"

천천히 고개를 끄덕인 좌의정이 삼청동천에서 있었던 일을 전했다. 그러자 잠시 망설이던 승중이 힘겹게 입을 열었다.

"비록 서자일망정 동생을 역적으로 몰아 공신이 되고 싶진 않습니다! 그렇게 얻은 공신첩이 어찌 자랑스럽겠습니까? 통촉해주소서!"

갑자기 몸을 벌떡 일으킨 좌의정이 호통 치기 시작했다.

"나도 이런 일 하고 싶어 하는 줄 아느냐? 어쩌면 나도 삭탈관

작을 무릅써야 하는 일이야! 오죽하면 이러겠느냐? 원로회가 살아야 나도 있고 너도 있다. 이판사판 아니냐? 까짓 서자 하나 못 죽일 이유라도 있느냐? 정신 차리거라! 달구 데리고 의금부로 찾아가서 고변만 하면 되느니라. 그 뒤는 의금부 쪽에서 다 알아서 처리할 거다."

승중이 눈물을 왈칵 쏟으며 하소연했다.

"소자 이제 뭐가 뭔지 분간도 되지 않습니다. 항상 아버님 뜻에 따라 살아왔사오나, 대체 무엇이 옳고 무엇이 그른지 정녕 모르겠단 말입니다!"

분노로 치를 떨던 좌의정이 벌떡 일어서더니 옆에 있던 목침을 집어 승중을 향해 던졌다. 목침 모서리에 이마가 깨진 승중이 피를 흘리며 다시 말했다.

"차라리 죄를 자복하시고 임금님께 용서를 구하시면 안 됩니까? 아버님께서 귀양이라도 가시게 되면, 소자 혼자 공신이 돼 한양에 남은들 무슨 일을 도모할 수 있겠습니까?"

좌의정이 발을 동동 구르며 외쳤다.

"비밀장부가 까발려지면 원로회가 드러날 거고, 원로회가 줄줄이 엮어 처벌되면, 그리 되면 우리 가문의 그 누가 살아남겠느냐? 넌 살아남을 수 있을 줄 아느냐? 또한 종묘사직은 누가 보살피느냐? 나 강자량 없는 조선이 과연 성할 듯싶으냐?"

승중은 한참 동안 고개를 늘어트린 채 목 놓아 울었다. 그 모습을 노려보던 좌의정이 소매에서 고변서를 꺼내 내밀며 말했다.

"네 그릇이 그리 작다면, 내 알았다. 다시는 어떤 부탁도 않으마. 대신 마지막 효도라 여기고 이번 일만 도와다오! 역모 사건이라고는 하지만 무륜당 패거리가 실제 반역한 정황은 없지 않느냐? 그냥 모의만 한 것이야. 서자 녀석들이야 모조리 처형되겠지만, 이 애비야 고작 유배 조금 살다 오면 된다. 넌 그때까지만 공신 노릇하며 조정에서 버티면 되는 거야! 혁중이 시신은 잘 거둬 양지바른 곳에 묻어주면 되고!"

천천히 고개를 끄덕인 승중이 비틀대며 일어서더니 고변서를 받아 쥐었다. 밖으로 나온 그는 청승맞게 빛나는 별빛을 넋없이 우러르다 달구가 잡혀있는 헛간을 향해 내키지 않는 발걸음을 옮겼다.

"좌랑 뒤에 아버님이 계시는데, 그분이 좌의정이시다? 또 그 뒤엔 의금부가 떡하니 버티고 있다?"

달구가 눈을 희번득거리며 속삭였다. 승중이 달구를 묶은 포승줄을 풀어주며 대답했다.

"방금 내가 한 말이 네가 살 길이다. 다른 길은 없다. 선택해라!"

덜렁거리는 자신의 두 다리를 내려다보던 달구가 물었다.

"제 증언이 없어도 어차피 서자 일당과 족제비 무리는 반역죄로 몰살된다, 그 말씀입죠?"

승중이 말없이 고개를 끄덕이자 달구가 다시 물었다.

"하지만 제 고변이 있으면 일이 한결 손쉬워진다?"

"그렇다. 고변서를 쓴 고 직장이 죽었으니 남은 증인은 너뿐이다. 너마저 내 말을 듣지 않고 개죽음을 택한다면, 그럼 내가 처리할 일이 많아지겠지."

한참 승중을 쏘아보던 달구가 입술을 씰룩이며 입을 열었다.

"아니, 아니지! 그건 아니지! 내 증언 없인 일이 이상하게 꼬이는 게 아닌가배? 좌랑 혼자 어찌 북 치고 장구 치고 다할 수 있단 말씀이오? 고 직장이 죽기 직전 쓴 고변서를 좌랑이 지금껏 몰래 감추고 있을 이유가 어디 있소? 이치가 안 그런가배? 그러니 좌의정 대감인지 뭔지 하는 그 독한 양반은 내가 꼭 필요하다 이거지!"

승중이 달구를 물끄러미 노려보며 한숨을 내쉬었다. 그가 천천히 물었다.

"원하는 게 뭐냐?"

좌랑의 눈동자를 뚫어져라 쳐다보던 달구가 되물었다.

"날 살려는 주시는 거요?"

달구의 눈길을 피한 승중이 대답했다.

"물론이다."

야릇한 미소를 머금고 달구가 말했다.

"그건 좌랑께서 정할 수 있는 문제가 아니겠지? 안 그런가배? 계사 놈 머리통이 부서져 죽는 꼴을 내가 바로 이 자리에서 봤소. 좌의정인진 몰라도 더럽게 잔인한 양반이었어! 일이 마무리 되면 곧바로 날 죽일 사람 아닌가배?"

달구 몸에서 풀어낸 포승줄을 멀리 던지며 승중이 대답했다.

"지난번에 네 목숨을 누가 살려줬느냐? 난 얼마든지 그때 널 죽일 수도 있었다. 날 믿거라!"

달구가 눈을 게슴츠레 뜨며 말했다.

"맞지, 맞아! 그 국밥 참 맛있었소! 좌랑은 참 마음이 약한 분이서. 그걸 본인은 알간? 모르면 말구. 이걸 어쩐다? 아버지와 아들 중 누굴 믿어야 되나?"

달구는 오래도록 망설이며 횡설수설했다. 그 모습을 지켜보던 승중이 헛간 문을 밀고 나가려 하자 달구가 소리쳤다.

"좋소! 좋아! 거절하면 지금 바로 죽일 거 아뇨? 죽기 매한가지라면 조금만 더 살아보지 뭐."

남궁두는 박 포교와의 결투 이후 숭례문 밖 산채에 계속 누워 있었다. 그런 그를 걱정스레 바라보던 균이 물었다.

"천하의 도사님께서도 이렇게 약해지신단 말입니까?"

남궁두가 여전히 눈을 감은 채 나지막이 속삭였다.

"원기를 지나치게 소진하면 이렇게 며칠 쉬어야 회복된다. 잊지 말거라. 난 신선이 아니니라."

"그림자로 변하실 수도 없는 겁니까?"

"심한 경우엔 그렇다."

짐짓 앓는 소리를 내던 남궁두가 천천히 돌아누웠다. 균이 팔짱을 끼고 남궁두 얼굴 쪽으로 다가가며 물었다.

"지금 이렇게 한가하실 때가 아닙니다."

눈을 조금 뜬 남궁두가 말했다.

"누군 쉬고 싶겠느냐? 몸속의 기운을 잘 다스리지 못하면 산송장처럼 되는 게 지상선의 운명이니라. 화마의 불기운을 제압하려다 물기운을 지나치게 끌어다 쓴 탓이다."

균이 남궁두의 이마에 손을 대보고 말했다.

"불덩이 같으시군요!"

"그렇다. 화마 놈은 잘 감시하고 있느냐?"

고개를 크게 끄덕인 균이 대답했다.

"혈도가 막힌 채 이곳 산채 우리 안에 갇혀 있습니다. 그건 걱정 안 하셔도 됩니다. 그런데 도사님께서 좌의정 집 헛간에서 달구를 보셨던 게 정녕 맞습니까?"

"그렇다 하지 않았느냐? 계사가 그 포교 놈에게 맞아죽는 것까지 다 보았었다. 그때 화마의 정체를 눈치 챘어야 했거늘!"

균이 초조한 눈빛으로 속삭였다.

"그 달구를 우리가 반드시 확보해야 합니다! 도사님께서 가주셨으면 좋았을 텐데, 혁중이가 걱정입니다."

남궁두가 힘겹게 몸을 일으키더니 벽에 기대며 말했다.

"혁중이가 잘 해낼 것이다. 제가 살던 곳인데, 집안 구조를 훤히 꿰고 있지 않겠느냐?"

천천히 고개를 끄덕인 균이 남궁두를 다시 제자리에 누이며 말했다.

"도사님께선 어서 회복이나 하십시오. 달구까지 잡아오면 좌의정 부자를 꼼짝 못하게 할 패가 완성됩니다. 그러면 그들 둘을 한양 조정에서 단숨에 몰아내 버릴 겁니다."

# 충돌

　가회방의 좌의정 저택은 깊은 고요에 잠겨있었다. 먹장구름에 가려졌던 달이 희끄무레 제 빛을 발산하려 안간힘을 쓸 때, 초립둥이 여러 명이 후문 근처 골목에 빠른 속도로 나타났다. 족제비 패거리 또한 그들 뒤를 따라붙으며 연이어 도착했다.
　족제비가 선두에 선 혁중에게 다가가 물었다.
　"달구 그놈을 그냥 확 죽여 버리면 안될깝쇼? 네네!"
　혁중이 잔뜩 목소리를 낮춰 대답했다.
　"좌의정 대감이 달구를 안 죽였다면, 이용가치가 있기 때문이다. 우리가 달구를 거꾸로 이용하면 되지 않느냐? 잠자코 허균 두령의 명을 따라라!"
　고개를 끄덕인 족제비가 짧게 휘파람을 불었다. 그러자 그의 부하들이 담장 앞에서 차례차례 목마 위에 또 목마를 타며 사람의 사다리를 만들었다. 초립둥이들은 그들을 딛고 가볍게 집안으로 뛰어들었다.

헛간 안에선 옅은 불빛이 새 나오고 있었다. 두런거리는 사람 소리도 들려 왔다. 긴장한 초립둥이들이 조심스레 접근해 헛간 문 앞에 당도하자 그 소리는 더욱 선명해졌다. 달구와 승중이 나누는 대화 소리였다. 문에 귀를 대고 이를 엿듣던 혁중의 이마에 힘줄이 돋았다.

혁중이 동료들에게 손짓해 헛간 안으로 뛰어들려고 했을 때, 갑자기 담장 너머로부터 날카로운 휘파람 소리가 들려 왔다. 족제비가 보낸 경고 신호였다. 초립둥이들은 잽싸게 제각각 마당 구석으로 몸을 숨겼다.

잠시 후 헛간 밖으로 나온 승중이 후문을 향해 움직였다. 후문 앞에는 집안 노비들을 대동한 좌의정이 편복 차림으로 기다리고 있었다. 삐걱거리는 둔한 소리와 함께 후문이 열렸다. 의금부 도사가 정예 나졸들을 이끌고 문 앞에 버티고 서 있었다. 도사가 헛간 쪽을 향해 손짓하자 나졸들이 준비해 온 수레를 몰고 그쪽으로 움직이기 시작했다. 달구를 곧장 의금부로 압송할 태세였다.

"어쩌지?"

초립둥이 하나가 혁중에게 물었다.

"두령 말이 맞았어! 좌의정 대감은 고변서를 써먹을 작정인 거야. 저분은 내가 너무 잘 알지."

혁중이 조금 뜸을 들인 후 다시 말했다.

"대감 역시 피해를 볼 거야. 그런데도 그걸 무릅쓰고 저리 급히 역모 사건을 꾸미고 있다는 건, 그 정도로 장부에 담긴 내용이 심각하단 얘기지."

"지금 당장 칠까?"

혁중이 고개를 저으며 대답했다.

"족제비 패거리들 도움이 필요해. 우선 밖으로 나가서 좁은 골목길에 매복하자."

나졸들이 달구를 끌어내 수레에 태우자 의금부 도사와 승중이 앞장서서 후문을 나섰다. 좌의정은 의금부 도사 일행이 골목길을 돌아 사라질 때까지 지켜보고 나서야 후문을 닫도록 명했다. 집안 노비들이 흩어지고 좌의정까지 침소로 사라진 뒤, 초립둥이들은 쏜살같이 후문으로 다가가 조심스레 문을 열었다. 골목길 양쪽 다른 집 담장 너머에 숨어 있던 족제비 무리가 그제야 하나둘 모습을 드러냈다.

혁중이 족제비에게 급히 물었다.

"여기서 의금부까지 가는 길을 잘 알지?"

"물론입죠. 네네!"

"좁은 골목길로 우리가 먼저 가 있자!"

"매복했다 칩니까요?"

고개를 끄덕인 혁중이 의금부 도사 일행이 사라진 방향으로 달리기 시작했다. 그 뒤를 다른 초립둥이들과 족제비 무리가 서둘러 뒤따랐다.

나졸들의 호위를 받으며 의금부 도사와 나란히 걷던 승중은 대사동 골목길로 향하려던 발걸음을 멈췄다. 의금부 도사가 의아한 표정으로 쳐다보며 물었다.

"왜 갑자기 멈추는 거요?"

잠시 생각에 잠겼던 승중이 의정부 쪽을 가리키며 대답했다.

"저기 큰길로 가시지요?"

고개를 꼰 채 의정부 쪽을 바라보던 의금부 도사가 퉁명스레 말했다.

"괜히 야경 도는 순라군들 만나면 귀찮아지오. 그냥 골목길로 질러서 갑시다!"

망설이던 승중이 불안한 눈빛으로 고개를 끄덕였다.

승중과 의금부 도사가 다시 움직이기 시작하자 달구가 탄 수레를 둘러쌌던 나졸들이 우르르 그 뒤를 따랐다. 대사동 골목길은 생각보다 어둡고 깊었다. 그 무거운 어둠 한 가운데를 노려본 승중은 크게 숨을 쉬고 선두에 섰다. 울퉁불퉁한 바닥을 살피며 조심스레 걷고 있을 때, 승중의 귀에 희미한 휘파람 소리가 들리는 듯했다. 그는 속도를 높여 빨리 걸었다. 좁은 골목만 벗어나면 의금부 정문이 나타날 것이고, 그곳에만 도착하면 자신의 임무는 모두 끝나는 것이었다. 그는 그렇게 믿고 싶었다.

발걸음을 재촉해 의금부 정문이 보이는 곳까지 다다른 승중이 비로소 안심하며 자신의 등 뒤에 선 의금부 도사에게 말을 건넸다.

"괜히 걱정했습니다. 빨리 죄수를 넘깁시다."

아무 답변이 없었다. 불길한 예감이 서늘한 기운이 되어 승중의 등줄기를 타고 흘러내렸다. 그가 슬쩍 뒤돌아봤다. 그의 뒤엔 아무도 없었다. 의금부 도사는 물론이고 달구를 태운 수레도, 그 수레를 몰던 나졸들도 전혀 보이지 않았다. 자신이 허겁지겁 지나온 대사동 골목길의 검은 심연만이 짐승 아가리처럼 눈앞에 버티고 있었다.

"혹시 혁중이냐?"

승중이 나지막이 소리를 내보았다. 대답이 돌아올 리 없었다. 그는 허리에 찼던 환도를 빼들었지만 골목길로 곧장 뛰어들 엄두가 나지 않았다. 막상 동생과 마주쳐 진짜 칼을 휘두를 수 있을지도 자신할 수 없었다. 제자리에서 망설이던 승중은 아버지의 조롱과 멸시에 찬 눈빛과 독설들을 떠올렸다. 갑자기 분노가 솟구쳤다. 그 분노가 아버지를 향한 것인지, 아니면 곧 역적으로 몰려 목이 잘릴 불쌍한 아우를 향한 것인지는 알 도리가 없었지만, 그는 환도를 움켜쥔 채 다시 골목길로 뛰어들었다.

승중은 보이지 않는 적을 향해 아무렇게나 칼을 휘둘렀다. 그의 칼은 앞을 향했지만 그의 발은 좀체 전진하지 못했다. 그 순간 승중의 칼에 누군가의 칼이 부딪치며 날카로운 금속성이 울렸다. 칼을 놓친 승중은 자신도 모르게 줄행랑을 놓기 시작했다. 그는 의금부를 바로 앞에 두고도 몸에 밴 습관대로 가회방 자신의 집을 향해 내달렸다.

"형제라면서 왜 저리 겁이 많은 걸깝쇼? 네네!"

족제비가 바닥에 쓰러진 나졸들을 발로 툭툭 치며 중얼거렸다.

"어서 달구를 업고 산채로 가자!"

혁중이 짧게 말했다.

"네네! 근데 이 자식을 제가 왜 업습니까요? 죽여도 시원찮은데?"

입에 재갈이 물려진 달구가 뭐라고 끙끙댔다. 혁중이 다시 말했다.

"의금부가 코앞이다. 빨리 움직여라!"

떨떠름한 표정의 족제비가 부하를 부르더니 자기 대신 업게 했다. 족제비 무리가 의금부 반대 방향으로 움직일 채비를 마쳤을 때, 혁중은 의금부 도사의 몸 여기저기를 뒤지고 있었다. 하지만 그가 아무리 뒤져도 고변서는 나타나지 않았다. 혁중이 족제비에게 말했다.

"먼저 떠나라!"

족제비가 급히 다가와 물었다.

"의금부가 코앞이라고 안 하셨습니까요?"

"고변서가 없다. 아무래도 좌랑이 아직 넘기지 않은 것 같다."

"그럼 어쩌려고 그러십니까요?"

혁중이 주변의 초립둥이를 바라보고 낮게 속삭였다.

"우린 좌의정 대감 댁으로 돌아간다. 화근인 고변서를 반드시 없애야 해!"

족제비가 무리를 이끌고 골목길을 먼저 벗어났다. 혁중은 초립둥이들을 향해 단호하게 말했다.

"난 더 이상 좌의정 댁 자식이 아니야. 난 무륜당 당원으로서 탐관오리를 치러 가는 거다. 모두 알겠지?"

초립둥이들이 동시에 고개를 끄덕였다. 혁중이 방금 왔던 길을 되돌아 뛰기 시작하자 나머지도 그 뒤를 따라 잽싸게 달렸다.

허겁지겁 집 후문 앞에 도착한 승중은 헉헉대며 뒤를 돌아봤다. 아무도 뒤쫓아 오고 있지 않았다. 누군가 열어 놓은 후문은 살짝 밀자 스르르 안으로 열렸다. 침입자가 있었음에 분명했다. 부모님 침소엔 불이 꺼져 있었다. 그는 망설이고 망설이다 서재로 향했다. 서재엔 여전히 불이 밝혀져 있었다.

"소자 승중입니다."

말을 꺼내는 그의 몸이 사시나무처럼 떨렸다. 아버지의 엄청난 분노가 휘몰아치기 직전이었다. 잠시 후 시큰둥한 목소리가 서재 안으로부터 들려왔다.

"그만 가서 자라. 난 검토할 문서가 있다."

조심스레 마루 위로 올라선 승중이 조금 목청을 높여 다시 말했다.

"다름이 아니오라, 습격이 있었습니다."

그의 말이 끝나는 것과 동시에 서재 문이 벌컥 열리며 잔뜩 일그러진 좌의정의 얼굴이 나타났다. 승중은 꿈틀대는 아버지의 얼굴이 방문 전체를 차지하고 있다는 느낌을 받았다. 좌의정이 소를 잡는 백정처럼 사나운 기세로 아들을 다그쳤다.

"달구를 놓쳤느냐? 어찌 그 쉬운 일조차 제대로 못 하느냐? 의금부로 가 도움을 요청했어야지 왜 집으로 돌아왔느냐? 설마 그 하찮은 동생 놈이 무서워 벌벌 떨고 있는 게냐?"

온갖 모욕을 묵묵히 견디던 승중이 마침내 폭발해 외쳤다.

"제 어찌 검술로 혁중이를 못 이기겠습니까? 도성 한복판, 그것도 의금부 앞에서 형제끼리 살육을 벌인다면 과연 소문이 어떻게 나겠습니까?"

발을 동동 구른 좌의정이 주먹을 쥔 채 부르짖었다.

"형제? 그깟 놈이 왜 네 형제냐? 그놈은 이제 역적이다! 집안을 배신한 눈엣가시란 말이다! 게다가 내가 언제 직접 죽이라고 했느냐? 의금부엔 우리 사람이 천지거늘, 그리로 바로 갔어야지! 어찌 그리도 숙맥이란 말이냐?"

천천히 무릎을 꿇은 승중이 물었다.

"그럼 어찌하오리까? 소자 다시 의금부로 가서 이 고변서로 고변을 하오리까?"

좌의정이 아들이 품에서 꺼내든 고변서를 말없이 내려다봤다. 눈을 질끈 감고 생각에 잠겼던 그가 급히 서재 안쪽으로 들어가 겉옷을 갖춰 입기 시작했다. 이내 밖으로 나온 좌의정이 말했다.

"이젠 별수 없다. 증인이고 뭐고 힘으로 모조리 꺾어 버려야 한다. 잊지 마라! 너한테 이미 동생은 없다!"

그 순간 후문을 통과한 초립둥이들이 일말의 망설임도 없이 서재를 향해 곧장 뛰어왔다. 너무 놀란 좌의정은 집안 노비들을 부를 경황조차 없었다. 초립둥이들이 좌의정 부자를 묶어 뜰에

꿇리자, 지붕 위에서 다른 초립둥이 하나가 사뿐히 땅 위로 뛰어내렸다. 혁중이었다. 좌의정이 혁중을 노려보며 물었다.

"다 듣고 있었느냐?"

고개를 끄덕인 혁중이 대답했다.

"이젠 놀랍지도 않습니다. 대감께선 도대체 어디까지 망가지실 셈입니까?"

혁중이 이번엔 승중에게 천천히 다가가며 말했다.

"더 이상 대감께 속지 마시라 했지 않습니까? 좌랑! 자꾸 지은 죄만 쌓일 뿐입니다. 어서 그 거짓 고변서나 내놓으세요!"

승중이 건넨 고변서를 받아 품에 집어넣은 혁중이 다시 좌의정 앞으로 가 말했다.

"이제 모두 끝났습니다. 다 포기하시고 아침이 밝자마자 주상께 스스로 죄를 고하십시오. 그렇게만 하시면, 저희도 더 큰 피를 보고 싶진 않습니다."

잠시 땅을 노려보던 좌의정이 도로 고개를 꼿꼿이 세우며 말했다.

"네놈들 그 비밀장부를 쓸 수가 없지?"

혁중이 한 발 다가가며 물었다.

"그건 또 무슨 해괴한 말씀이십니까?"

좌의정이 천천히 몸을 일으켜 세우더니 초립둥이들을 둘러보며 대답했다.

"네놈들이 믿고 있는 그 비밀장부 말이다. 그 장부 안에 있는 이름들이 다 누구더냐? 다 네놈들 아비들이 아니더냐? 아무리 서자 놈들이라지만, 네놈들 먹이고 입혀줬던 사람이 과연 누구냐? 먹이고 재워준 은혜는 짐승도 잊지 않거늘, 너희 놈들이 그만도 못한 짓을 저지를 수 있느냐? 서자들 주제에 조선의 명문가를 모조리 멸망시킬 셈인 것이냐?"

초립둥이들이 하나둘 머리를 숙였다. 혁중이 좌의정 바로 앞에 서며 말했다.

"누가 그 장부를 당장 쓴다고 했습니까?"

좌의정 눈썹이 송충이처럼 꿈틀댔다.

"그럼 뭘 쓰지? 그 장부 없이 나와 조정 대신들을 무슨 수로 엮지? 어린 녀석들이라 과연 생각이 짧긴 짧구나?"

희미하게 웃은 혁중이 목청을 돋웠다.

"큰 실수 하나를 하셨는데, 아직도 깨닫지 못하셨는지요?"

"큰 실수? 그거라면 너 같은 불효자를 낳고도 여태 몰랐다는 것 아니겠느냐?"

혁중이 한숨을 내쉬고 속삭였다.

"고 직장을 독살하며 결정적 증인을 살려두신 것 말입니다."

"증인을 살려둬? 달구를 말하는 거냐?"

고개를 저은 혁중이 대답했다.

"좌랑께서 고 직장을 독살할 때 부린 자가 하나 있었습니다. 박 주부라는 자입니다."

"박 주부?"

"호조에 근무하는 자입니다. 마음이 약해 아직도 매일 자책하며 지내고 있습니다."

입을 반쯤 벌리고 승중 쪽을 바라보던 좌의정이 헛웃음을 삼키며 말했다.

"날 고작 직장 나부랭이 살인범으로 잡겠다? 이 천하의 강자량을?"

그때 승중이 좌의정의 두 손을 움켜쥐고 눈물을 흘리며 속삭였다.

"이 소자 차마 사람까지 죽일 순 없어 그리했나이다."

승중의 손을 뿌리친 좌의정이 차갑게 쏴 부쳤다.

"지독하게 못난 녀석! 내 분명 깔끔히 처리하라 하지 않았더냐? 사냥개는 쓰자마자 삶아 버려야 한다고 그 얼마나 신신당부 했더냐?"

"소자가 아버님 유배 길을 함께 모시겠습니다. 제 부족함을 용서하소서!"

승중이 흐느껴 울기 시작했다. 그 모습을 지켜보던 혁중이 입을 열었다.

"고 직장을 살해한 당사자인 박 주부가 저희 수중에 있습니다. 게다가 게사를 죽인 박 포교까지 포로로 잡혀 있지요. 달구와 게사 그리고 고 직장과 박 주부! 이게 뭘 의미합니까? 좌랑을 고리로 해서 뇌물로 서로 얽히고설킨 관계가 아닌지요? 그 끝엔 바로 대감께서 계신 것이고."

좌의정이 입술을 씰룩거리며 물었다.

"그래서 역모죄를 살인죄로 탕감해 줄 테니 감지덕지라도 하라는 것이냐? 그러고도 네가 내 자식이냐?"

잠시 눈을 감고 침통한 표정을 짓던 혁중이 입을 뗐다.

"스스로 죄상을 밝히시면 두 분 다 유배형으로 끝날 일입니다. 서민들 돈을 빨아들인 고 직장이나 왈짜패나 돕던 게사는 어차피 죽어 마땅한 자들이었습니다. 제 손으로 차마 고변까지 할 순 없사오니, 부디 아침 일찍 대궐로 드셔서 자복하십시오!"

초립동이들이 하나둘씩 자리를 떠나고 마침내 좌의정과 두 아들들만 남게 되었다. 좌의정이 물었다.

"비밀 장부는 어찌할 생각이냐?"

혁중이 단호한 목소리로 대답했다.

"서자들도 엄연히 자식이온데 제 혈육을 역도로 몰아 무슨 기쁨이 있겠습니까? 다만 장부에 적힌 분들 모두 스스로 조정에서 물러나시도록 요구할 생각입니다."

"거절한다면 어쩔 셈이냐?"

"그렇다면 장부를 들고 임금님을 찾아뵈야겠지요. 동인당 사람들과 힘을 합쳐야 하겠지만, 서자인 저희들에게 그깟 일이 무슨 대수이겠습니까? 임금님께서도 모르시는 비밀스런 조정을 따로 꾸리고 있었다면, 그건 결국 대역죄가 되지 않겠습니까?"

말을 마치고 뜨락을 벗어나 후문 쪽으로 향하던 혁중이 잠시 머뭇거리다 발걸음을 되돌렸다. 망설이던 그가 아버지와 형을 향해 큰절을 올리고 말했다.

"제 비록 불효막심한 천한 서자이오나, 대감과 좌랑 곁을 영원히 떠나기 전에 작은 부탁 하나가 있습니다."

말없이 자신을 쳐다보는 두 사람을 향해 혁중이 잠긴 목소리로 말했다.

"마지막 한 번만이라도, 면전에서 호부호형을 허락해 주십시오!"

두 사람은 오래도록 대답이 없었다. 고개를 숙인 채 세 번 짧게 통곡한 혁중이 천천히 일어나 뜨락을 벗어났다.

# 변체술사

좌의정은 다음 날 대궐에 들어가 임금을 만났지만 자신의 죄를 실토하지는 않았다. 대신 그는 건강을 핑계로 잠시 조정에서 물러나겠다는 뜻을 비쳤다. 평소 좌의정을 의심하던 임금은 상대가 자신의 시야에서 벗어나는 게 오히려 두려웠다. 임금이 눈을 내리깐 채 속삭였다.

"좌의정 없이 과인이 어찌 국사를 돌보겠소? 한시도 내 곁을 떠나지 마시오!"

몸을 굽힌 좌의정이 온 얼굴을 찡그리며 말했다.

"어찌 소신이 아주 떠나기야 하겠사옵니까? 두풍이 들었는지 요즘 머리가 너무 아프옵니다. 제발 너그러이 헤아려 주시옵소서!"

언짢은 표정의 임금이 용상에서 엉거주춤 일어서려 하자 좌의정이 급히 말했다.

"내려오지 마시옵소서! 소신의 병은 소신이 잘 아옵니다. 그저 잠시 쉬면 나을 것입니다!"

도로 용상에 앉은 임금이 천천히 물었다.

"그럼 서인당 사람들은 장차 누가 이끈단 말이오? 상대당인 동인당에서 소란이라도 일으키면 중재할 사람은 있어야 할 거 아니오?"

좌의정이 빙그레 미소 지으며 대답했다.

"동인당이 어찌 감히 소란을 일으키겠습니까? 소신이 자리에 없더라도 제 뜻을 대신할 신하들은 넘치고 또 넘칩니다! 곧 돌아오겠습니다. 곧 말입니다!"

임금이 좌의정을 지긋이 노려보며 고개를 끄덕였다. 이에 머리를 허리까지 굽혀 인사한 좌의정이 서둘러 근정전으로부터 나왔다. 경복궁 궐내를 한 차례 휘 둘러본 그가 땅이 꺼져라 길게 한숨을 내쉬었다.

좌의정은 궐을 벗어나자마자 의정부 집무실로 향했다. 급히 평상복으로 갈아입은 그는 도로 나와 종묘 쪽으로 방향을 틀더니 부지런히 걷기 시작했다. 종묘 근처에 도착한 그는 담벼락 아래 우두커니 서서 누군가를 기다렸다. 마침내 멀리서 걸어오는 사내를 발견한 그가 반색을 하며 다가갔다.

"반갑소이다! 태화보살!"

태화보살이라 불린 사내는 평범한 키에 평범한 얼굴을 한, 그야말로 아무 특색 없는 인물이었다. 그의 유일한 특징이라면 얼굴이 미세하게 떨리며 인상이 쉴 새 없이 바뀐다는 것이었다. 태화보살이 물었다.

"뭐가 그리 급하기에 타고 올 말까지 보내가며 급히 부르셨소? 백운대 암자에서 내려와 곧장 달려오지 않았겠소?."

좌의정이 상대 몸을 밀어 함께 담장 그늘 속으로 들어섰다. 그러자 보살의 몸의 크기와 얼굴 빛깔이 살짝 바뀌기 시작했다. 몸은 높은 담장과 비례를 맞추려는 듯 커졌고, 조금 전까지 하얗던 피부는 점점 어두운 갈색으로 물들어갔다.

"날 좀 도와주시오! 보살이 마지막 희망이오!"

좌의정이 간절한 눈빛으로 입을 열었다. 그런 그를 물끄러미 바라보던 보살이 대답했다.

"급하긴 급하신가 보구려. 뭘 도와드릴까? 어떤 놈이 감히 조선 제일의 실세를 괴롭히기라도 한단 말이오?"

손가락을 세로로 입술에 대며 주변을 살핀 좌의정이 속삭였다.

"말을 조심하시오! 드디어 때가 된 것 같소. 우선은 책 한 권부터 되찾아 주서야겠소!"

"책을? 종이로 된 그런 책 말씀이요?"

고개를 끄덕인 좌의정이 목소리를 더욱 낮춰 대답했다.

"우리 서로 힘을 합쳐 조선을 바로 세워야 하지 않겠소? 그러자면 국정을 새로 담당할 내각과 외각 신하들을 일거에 바꿔야 하겠고. 근데 하필 그 명단이 밖으로 새고 말았소."

몸을 약간 굽힌 보살이 속삭였다.

"심각한 얘기로구먼! 애초 그런 명단을 왜 만들어 화를 부르셨소? 지금부터는 내 귀에 대고 말해 보시오!"

좌의정이 보살의 귀에 대고 그간 벌어진 일들을 웅얼대듯 나지막이 전했다. 말을 다 들은 보살이 뒷짐을 지고 몸을 세우며 입을 뗐다.

"못된 개구쟁이들이로구먼! 붕새 같은 대감의 크나큰 뜻이 고작 그런 파리 떼에 당하다니! 이제 이 손에 맡겨 주시오! 우선 그 전에, 박 포교를 이겼다는 자의 정체는 알아냈소?"

머리를 갸웃한 좌의정이 대답했다.

"박 포교의 화공을 이긴 자라면 분명 도력이 상당할 텐데, 서자 녀석들 주변에 도통 그럴 만한 무사가 보이질 않소! 전혀 힘을 쓸 것 같지 않은 늙은 도사 나부랭이가 허균 집에 있다던데, 그런 비실이가 뭘 할 것 같진 않고…."

순간 보살의 눈동자가 반짝 빛났다. 그가 야릇한 표정을 지으며 말했다.

"도력이 어디 힘으로만 나타나겠소? 만약 그놈이라면, 이거

참 재미있겠구먼!"

 태화보살의 본명은 이서림이었다. 그는 본래 개국공신이었다가 태종에게 반기를 들었다는 이유로 조정에서 내쳐진 집안의 후손이었다. 그게 사실이라면 뼈대 있는 양반가 출신이 분명했으나, 서림의 어린 시절은 상민들의 비참한 삶과 크게 다를 바 없었다.

 경기도 여주 신륵사 주변에서 항아리 빚는 도공의 아들로 태어난 그는 강가에서 돌팔매질이나 하는 철부지 소년이었다. 세상에서 유명해지거나 큰돈을 벌어보겠다는 포부는 애초 없었고, 어여쁜 아내를 얻어 가정을 꾸리겠다는 욕심도 없었다. 그 흔한 작은 손재주조차 타고나지 못했기에, 그는 아비가 잘못 빚은 항아리를 부수는 재미로 하루를 보냈다. 무언가를 부술 때만 그는 신이 났다.

 서림이 열두 살일 때 어미가 돌림병에 걸려 갑자기 세상을 떠났다. 아내를 잃은 서림의 아비는 말이 없어졌다. 항아리 빚고 술 마시는 일 외엔 낙이 없던 그는 어느 날 크게 취하더니 자신이 만든 불가마 속으로 뛰어들어 자살했다. 아무도 이해할 길 없는 기이한 죽음이었다. 아비가 자기 몸을 태워 마지막으로 빚은 항아리들은 유난히 윤기 있고 결이 고왔는데, 서림은 그걸 부수며 야릇한 쾌감에 몸을 떨었다.

혹독한 굶주림과 추위를 홀로 견디던 서림은 자신도 부모를 따라 죽을 결심을 했다. 제 스스로를 파괴할 마음을 먹자 그는 이상하게 마음이 들떴다. 세상 모든 게 다 사라지고 없어져야 할 운명이라면, 세상 그 어느 것도 가치가 있을 리 없었다. 온 우주가 가치 없어지면 서림의 무가치한 인생도 그렇게 쓸모없었던 건 아닐 수 있었다.

서림이 강가에서 막 물에 뛰어들 궁리를 하고 있을 때, 마침 신륵사를 찾았던 대궐 내시부 소속 환관 하나가 그 모습을 발견하고 다가왔다. 환관은 절에 묵고 있는 뜨내기 행자 가운데 내시가 될 만한 사람을 고르고 있었다. 그가 서림에게 대궐로 함께 가자고 제안했다. 기왕 죽을 결심까지 했다면 그 마음으로 못할 짓이 뭐가 있냐며 설득했다. 서림은 별 고민 없이 그의 말을 따랐다.

다른 두 명의 소년과 함께 경복궁에 들어간 서림은 남성을 거세하는 고통스런 과정을 묵묵히 겪어냈다. 마침내 그는 남성도 여성도 아닌 흐릿한 회색의 삶 안으로 들어섰다. 그 삶은 결코 화려하지도 재미있지도 않았다. 무색무취의 나날이 이어졌고, 자주 만날 수 있다던 임금은 코빼기 한 번 볼 기회조차 없었다. 그는 너무 무료했고 뭔가를 자꾸 부수고 싶어졌다.

그 무렵 서림은 패기에 찬 젊은 관료 한 명과 우연히 사귀게 됐다. 서림이 경회루 앞에서 심심풀이 삼아 지나가는 다른 내시나 궁녀들 표정을 흉내 내고 있을 때였다. 소리 없이 그의 곁으로 다가온 상대는 사간원 소속의 강자량이었다.

"참으로 신기한 재주를 지녔소?"

자량의 말에 얼굴을 붉힌 서림은 급히 다른 방향으로 걸음을 옮기려 했다. 그런 그를 멈춰 세운 자량이 다시 속삭였다.

"뭘 그리 부끄러워하시오? 내 본디 세상 모든 재주를 아끼는 자요. 사간원 강자량이라 하오."

서림은 자량의 겸손한 태도가 마음에 들었다. 자량이 서글서글한 눈빛으로 물었다.

"어디 이번엔 내 얼굴을 흉내 내 보시겠소? 부탁이오!"

어색한 웃음을 짓던 서림은 조금씩 얼굴 근육을 이리저리 움직여 자량의 모습으로 변화했다. 처음엔 장난스런 미소를 띠고 바라보던 자량의 표정이 점점 놀라움으로 굳어지기 시작했다. 그가 말을 잇지 못하다 급히 속삭였다.

"완전히 내 얼굴 자체가 아니요? 이제 그만두시오! 그 재주 내가 살 테니 부디 남들에겐 숨깁시다!"

두 사람은 그렇게 연을 맺었다. 이후 훌륭한 집안 배경과 성공한 혼인으로 승진을 거듭한 자량은 마침내 서인당의 영수 자리를 꿰찼다. 그 과정에서 이런저런 소소한 도움을 주던 서림은 어느 날 그로부터 믿기지 않는 제안을 받았다.

"내 꿈은 조선을 올바로 다시 세우는 거요. 그 길에 임금이 걸리적거린다면 어째야 하겠소? 내가 샀던 그 재주, 앞으로 큰 뜻 이루는 데에도 써 주실 순 없겠소?"

서림이 몸을 떨며 물었다.

"혹시 전하를 독살이라도 하시겠단 뜻이신지?"

천천히 고개를 가로저은 자량이 목소리를 낮춰 속삭였다.

"그런 위험한 짓을 왜 하겠소? 내가 머잖아 좌의정에 오르면 국정을 훼방 놓는 동인당 세력을 손봐 줄 생각이요. 그 후엔, 이 당 저 당 기웃거리며 줄타기나 하는 임금도 고쳐 놔야 할 것 아니겠소?"

"주상 전하를 어찌 고칩니까?"

기이한 웃음을 머금은 자량이 유난히 튀어나온 입을 내밀며 대답했다.

"임금과 똑같이 생긴 사람이 그 자리를 대신 차지하면 되잖소? 그리 되면 진짜 임금이 어디로 사라지든, 그게 무슨 상관이오?"

서림은 한참을 말없이 생각에 잠겼다. 자량은 세상을 크게 고쳐보겠다고 말했지만 서림에게 그건 세상을 크게 망쳐 보는 일과 다름이 없었다. 그건 세상을 부수는 일이었다. 무척 재미있는 일이었다. 서림이 볼을 실룩이며 물었다.

"그럼 지금부터 우린 동지가 되는 겁니까?"

자량이 고개를 끄덕이며 대답했다.

"그렇소!"

굽혔던 몸을 바로 펴며 서림이 다시 물었다.

"그럼 난 뭘 얻습니까?"

조금 놀란 표정을 한 자량이 멈칫대다 대답했다.

"우선 대궐 밖으로 나오시오! 나랏법에 내시가 궁 안에서 죽을 순 없잖소? 큰 병에 걸렸다 고하고 누워 버리면 내 조치하리다! 그런 뒤에 때를 기다리면 되오. 조정에 자란 잡초들을 모조리 제거하고 나면, 임금이 뒤바뀐 걸 누군가 눈치 챈다한들 무슨 걱정이 있겠소?"

가늘게 눈썹을 떨며 서림이 거듭 물었다.

"진짜 임금처럼 살아라? 내 마음대로?"

"그리 사시오! 내가 이끄는 국정에 간여만 않는다면, 진짜 왕처럼 굴어도 상관하지 않겠소!"

서림이 갑자기 까르르 웃기 시작했다. 그건 그가 태어나서 처음 진심으로 기뻐 웃는 진짜 웃음이었다. 어린 시절 강가를 거닐다 우연히 깨달은 변체 능력이 자신을 왕으로 만들어 줄 줄은 꿈에도 생각 못 했던 그였다. 웃기를 그친 그가 속삭였다.

"정말 아무것도 아니었소. 나 말이오! 사람도 아니고, 그렇다고 짐승도 아니었지. 이젠 남자도 아니고 여자도 아니잖소? 근데 왕이 돼라? 그럼 당장 왕처럼 구는 훈련을 시작해야 하지 않겠소?"

피식 웃음을 삼킨 자량이 여러 번 고개를 끄덕였다.

좌의정 집을 밤새 염탐한 족제비의 부하가 균을 찾아와 보고한 건 이른 아침이었다. 균이 급히 물었다.

"대감은 입궐했느냐?"

족제비의 부하가 대답했다.

"했습니다요. 얼굴이 흙빛이었습니다요."

천천히 고개를 끄덕인 균이 상대를 돌려보내고 후원을 향했다. 후원에서는 혁중과 초희가 나란히 앉아 이야기꽃을 피우고 있었다. 균을 발견한 초희가 퉁명스레 물었다.

"왜 위험한 일은 죄 혁중이에게 맡기는 거야? 너도 일 좀 하지?"

균이 부채로 자기 손바닥을 톡톡 치며 대답했다.

"어차피 혁중이가 해야 할 일이었어. 난 두령이야! 두령이 함부로 정체를 드러내면 안 되지! 도사님께서도 기력을 되찾지 못하시니, 뭐 별 수 있나?"

뭔가 더 말하려는 초희를 만류하며 혁중이 균에게 다가섰다.

"균아! 좌의정 대감은?"

균이 팔짱을 끼며 대답했다.

"입궐은 하셨어."

"죄를 자복하실까?"

"글쎄. 저물녘에 봉 형님께서 퇴청하시면 알게 되겠지!"

"자복하는 대신 다른 꾀를 내시면 어쩌지?"

"이젠 상관없어! 큰형님께는 죄송하지만 비밀문서를 써 버릴 거야! 다른 무륜당원들 모두가 동의했잖아? 봉 형님께 사실을 털어놓고 부탁할 생각이야. 우리 대신 임금님을 직접 뵐 수 있을 테니까."

혁중이 말없이 고개를 끄덕였다.

셋은 한가롭게 후원을 거닐었다. 초희는 꽃을 꺾어 혁중의 귀에 꽂으며 깔깔대고 웃었다. 그 모습을 바라보던 균이 슬쩍 자리를 비켜줬다. 두 사람은 무언가 끝없이 재잘대며 웃어댔는데, 그 모든 게 실은 마음 속 불안을 덜기 위한 수단임을 균은 잘 알고 있었다.

둘째 형 봉은 혁중을 본가에서 쫓겨난 방탕한 서자쯤으로 여기고 있었다. 아우의 무륜당 활동에 대해서도 아직 아는 바가 없었다. 균에게 그런 둘째 형이야말로 좌의정을 무찌를 가장 강력한 무기였다. 비록 맏형이 관련됐다고 해도 둘째 형은 진실을 알리는 데 조금도 망설일 사람이 아니었다. 그는 불같은 사람이었다.

시간이 흐를수록 균의 초조함은 더해만 갔다. 만약 좌의정이 죄를 자복하고 의금부에 하옥됐다면, 소문은 대궐에 바람처럼 퍼져 둘째 형 귀에까지 들어갔을 터였다. 그랬다면 둘째 형은 자기 집에서 막 더부살이를 시작한 좌의정의 서자 혁중이 떠올랐을 테고, 당연히 퇴궐을 서두를 게 뻔했다. 하지만 둘째 형은 좀체 귀가하지 않았다.

불안하기는 숭례문 밖 산채에 모여 있던 무륜당 무리도 마찬가지였다. 그들은 족제비의 부하 한 명을 급히 균의 집에 보내 상황을 물어왔다. 균은 노발대발했다.

"함부로 대낮에 찾아오지 말라 하지 않았느냐? 이 무슨 어리석은 짓이냐?"

족제비의 부하는 얼굴이 샛노래져 벌벌 떨기만 했다. 균이 다시 말했다.

"당장 돌아가라! 절대 누구에게도 뒤를 밟히면 안 된다! 산채 근처에선 반드시 주변에 인적이 없는지 두 번 세 번 거듭 확인해라! 알아들었지?"

고개를 숙인 족제비의 부하는 황급히 균의 집을 벗어나 숭례문 쪽을 향했다. 그는 자주 뒤돌아보며 경계를 멈추지 않았고, 특히 성문을 나서서 산채로 다가갈 무렵엔 일부러 이 골목 저 골목을 빙빙 돌며 만에 하나 있을지 모를 미행을 따돌리려 노력했다. 그는 사방을 여러 차례 둘러보고 나서야 산채 입구로 향했다. 하지만 이 모든 노력에도 불구하고 그는 멀리서 자신의 일거수일투족을 끈질기게 감시하는 눈길 하나는 끝내 피하지 못했다.

좌의정이 균의 집 주변에 심어 놓은 노비 한 명은 손에 천리경을 쥐고 있었다. 명나라에서 건너온 최신 기계인 천리경은 천 리 밖까지 훤히 볼 수 있다는 망원경이었다. 노비는 족제비의 부하가 숭례문을 나선 순간 성곽 가장 높은 곳으로 뛰어올라가 천리경으로 상대 움직임을 꼼꼼히 뒤쫓았다. 가끔 상대가 골목길 사이로 사라져도 그 주변을 샅샅이 훑다보면 어김없이 목표물은 다시 자기 모습을 드러내곤 했다. 결국 족제비의 부하는 감시자의 천리경 안에서만 빙빙 돌다가 산채 위치를 알려주는 큰 실수를 범했다.

둘째 형 봉은 저물녘이 되어서야 집으로 돌아왔다. 균의 방으로 들어선 봉이 잔뜩 긴장한 균과 초희에게 물었다.

"혁중이는 잘 있느냐?"

초희가 냉큼 대답했다.

"내가 있는데 뭐가 걱정?"

균이 물었다.

"대궐에서 별일은 없으셨습니까?"

침통한 표정을 지은 봉이 내키지 않는 듯 여러 번 망설이다 입을 뗐다.

"실은 좌의정 대감이 주상전하께 자신의 죄를 자복했다고 들었다. 그 영악한 노인이 도대체 무슨 바람이 불었는지 그랬다고 하더구나."

균의 얼굴에 옅은 미소가 번지자 봉이 다시 물었다.

"혁중이가 걱정이다. 어디 있느냐?"

초희가 끼어들며 대신 대답했다.

"후원에서 무예 연습하고 있어요. 서자라 문과는 안 되니까 무과라도 봐야겠죠?"

봉이 균에게 바싹 다가앉으며 심각한 표정으로 말했다.

"그런데 말이다. 내가 퇴궐하다 명례방에 들러 성 형님께도 이 말을 전했더니, 놀라운 말씀을 하시더구나."

균이 급히 물었다.

"성 형님께선 오늘 입궐하지 않으셨습니까?"

역간 당황한 봉이 서둘러 대답했다.

"몸이 약간 편찮으셨던 모양이다. 아무튼 형님께서 무슨 장부 말씀을 하시던데?"

몸을 움찔한 균이 표정이 바뀌며 물었다.

"장부라니요? 무슨 말씀이신지?"

봉이 두 눈을 초조하게 이리저리 굴리며 대답했다.

"형님 이름이 들어있는 무슨 비밀 장부가 있다고 하시더라. 좌의정이 아마 그것 때문에 힘들어했을 거라던데? 형님과 좌의정이 제법 친하지 않느냐?"

"그런데 그 얘길 왜 저한테 하십니까?"

"네가 가지고 있다던데? 그 장부 말이다. 어찌된 거냐?"

균은 당황해 자기도 모르게 대답했다.

"좌의정의 약점을 우연히 쥐게 됐습니다. 하지만 좌의정이 죄를 자복한 이상 장부를 쓸 일은 없을 겁니다. 성 형님께선 안심하셔도 됩니다."

봉이 더욱 목소리를 높이며 말했다.

"아니다! 이건 그냥 묵과할 일만은 아니다. 우선 장부를 내가 직접 살펴봐야겠다. 그 후에 이 문제를 당장은 덮어둘지, 아니면 임금께 알리고 대책을 세워야 할지를 정해야 할 것이야!"

균이 멍한 표정으로 물었다.

"그럴까요? 형님?"

고개를 크게 끄덕인 봉이 다그쳤다.

"어서 장부를 내놓아 보아라! 내 안채에 가서 살펴보고 바로 돌려주마! 성 형님 운명이 달린 일이다. 어서!"

옆에 있던 초희가 불쑥 끼어들었다.

"그냥 이 자리에서 보세요. 혁중이도 불러올게요."

봉이 손사래를 치며 말했다.

"우리 집안의 일이니 우리끼리 해결하자! 어서 내놓거라! 다 읽으면 안채로 부르마."

균이 벌떡 일어나 벽장문을 열고 안으로 들어갔다. 열쇠로 구리함을 연 그는 장부를 꺼내들고 밖으로 나왔다. 봉이 균의 손에서 장부를 채가며 서둘러 말했다.

"한시가 급하다! 내 꼼꼼히 살펴볼 테니 기다려라. 이따 안채에서 보자."

몸을 벌떡 일으킨 봉은 황급히 방 밖으로 나서더니 안채 쪽으로 사라졌다. 균과 초희 사이에 잠시 침묵이 흘렀다. 초희가 먼저 입을 뗐다.

"둘째 오빠 오늘 이상하지?"

고개를 갸웃한 균이 대답했다.

"그러게. 퇴궐하다 명례방 큰형님 댁엔 왜 들르셨을까?"

초희가 잠자코 바닥을 바라보다 말했다.

"둘이 그럴 사이는 아닌데? 게다가 큰오빠가 장부 건을 알았다면 여태 참고 있을 사람이야? 벌써 쳐들어와 난리를 떨었겠지."

고개를 천천히 끄덕인 균이 혼잣말을 했다.

"좌의정이 큰형님께 장부 얘길 그리 쉽게 할 리가 없어. 자기 약점인데 말이야. 뭔가 이상해."

팅기듯이 일어선 균이 버선발로 마당으로 뛰어내렸다. 그는 쏜살같이 중문을 지나쳐 안채로 향했다. 안채 마루에선 둘째 형수가 앉아 종들에게 식사 준비를 지시하고 있었다. 균이 외쳤다.

"봉 형님 어디 계십니까?"

의아한 표정을 한 형수가 되물었다.

"아직 안 오셨는데? 우리 막내 도령이 버선발로 무슨 일이지?"

균은 벼락 맞은 나무처럼 잠시 제 자리에 박혀 움직이지 않았다. 마침내 정신이 돌아온 그는 자기 방 쪽으로 되돌아가 신발을 갖춰 신었다. 무슨 일이냐고 묻는 초희와 그녀 옆으로 다가서고 있던 혁중을 무시한 그는 명례방 쪽으로 내달렸다.

명례방 큰형 집은 언제 가도 낯설었다. 균은 대문을 두드리며 둘째 형이 그 안에 있기를 간절히 바랐다. 집안 장남의 안위가 너무 걱정돼 장부를 가지고 곧바로 이리로 왔으려니 믿고 싶었다. 하지만 대문이 열리고 큰형수의 싸늘한 표정을 마주하자 그 희망은 산산이 부서지고 말았다. 그녀가 냉랭한 태도로 말했다.

"우리 허 참판께선 아침 일찍 입궐해 아직 퇴청하지 않으셨다. 제사 때도 아닌데 웬일이지?"

근심에 휩싸인 채 명례방에서 건천동 집으로 돌아가던 균은 중간에 자신을 기다리던 혁중과 만났다. 혁중이 물었다.

"걱정돼 기다리고 있었어. 어딜 그리 급히 다녀온 거지?"

균이 침울하게 대답했다.

"내가 속은 것 같아. 분명 둘째 형님이 맞았는데. 결코 서툰 변장 따위도 아니었고."

균은 궁금해 하는 혁중에게 자초지종을 설명했다. 깊은 실망감에 빠진 혁중이 속삭였다.

"좌의정 대감이 반격을 시작한 게 틀림없어. 결코 포기할 분이 아니었지. 내가 너무 순진했어."

고개를 저은 균이 말했다.

"아니야! 넌 제대로 잘 해냈어. 내가 뭔가에 홀렸었나 봐. 이제 어쩌지?"

혁중이 가만히 서서 바삐 지나가는 사람들을 물끄러미 바라보다 말했다.

"성문이 닫히기 전에 산채로 가 보자. 이제 그곳 외엔 안전한 곳도 없어졌어."

"초희 누나는?"

"설마 초희 누나까지 당장 어쩌진 않을 거야!"

둘은 사방을 경계하며 빠르게 산채를 향해 움직였다. 산채 주변에 다다른 둘은 골목길 구석에 숨어 밤의 어둠이 더 짙게 몰려들 때까지 기다렸다. 마침내 칠흑 같은 어둠이 밀물처럼 밀려오자 두 사람은 비로소 안심했다.

앞장선 혁중이 산채 입구의 쪽문을 살짝 밀었다. 문이 너무 쉽게 안으로 밀리자 혁중이 한 발짝 성큼 뒤로 물러섰다. 균을 돌아보는 그의 눈빛이 예리하게 날서 있었다. 혁중이 크게 숨을 몰아쉬고 말했다.

"내가 밖으로 나오지 않으면 곧바로 집을 향해 뛰어. 봉 형님께 모든 사실을 말씀드리고 도움을 요청해. 알았지?"

균이 고개를 끄덕였다. 말을 마친 혁중이 쪽문을 밀치고 안으로 뛰어들었다. 그의 몸이 바닥을 구르는 소리와 뭔가에 부딪치는 소리가 연이어 나더니 더 이상 아무 기척도 나지 않았다. 균이 도망갈 채비를 하며 뒷걸음질 치기 시작했다. 그때 쪽문이 다시 열렸다. 천천히 문 밖으로 나온 혁중이 속삭였다.

"아무도 없어."

산채는 텅 비어 있었다. 촛불을 켜자 격렬한 격투 과정에 부서진 집기들로 엉망진창인 바닥이 모습을 드러냈다. 달구와 박 포교 그리고 박 주부가 갇혀 있던 우리 역시 비어 있었다. 균이 떨리는 목소리로 말했다.

"우린 아직 괜찮아, 혁중아!"

균 곁에 나란히 선 혁중이 물었다.

"뭐가 괜찮지?"

희미한 목소리로 균이 대답했다.

"우리 둘은 아직 멀쩡하잖아? 그리고 도사님께서 계시잖아!"

혁중이 균의 눈을 바라보며 조용히 물었다.

"그래. 기력을 회복하시겠지?"

"그럼! 반드시 탈출해 이리로 돌아오실 거야. 그때까지 버티자."

# 악의 소굴

　숭례문 밖 무륜당 산채를 습격한 괴한들은 의금부 나졸 복장을 하고 있었다. 그들은 좌의정이 몰래 길러온 사병들이었다. 그들은 백운대 아래 자리 잡은 태화보살 이서림의 암자 근처에서 숙영하며 생활했다. 당연히 그들을 지휘한 건 태화보살이었다.

　남궁두를 비롯한 포로들을 여러 대의 가마에 나눠 실은 좌의정의 사병들은 서둘러 노비 복장으로 갈아입었다. 그들은 각자 맡은 가마를 들어 올리더니 민첩하게 홍인문을 향해 움직였다. 홍인문을 지키던 수문장은 좌의정이 발부한 야간 통행증을 확인하고 순순히 문을 열어줬다. 성문을 나선 사병들이 백운대의 태화보살 암자 근처에 당도할 무렵엔 이미 아침이 밝아오고 있었다.

　가마 밖으로 끌어내진 포로들은 꽁꽁 묶인 채 으슥한 골짜기에 마련된 동굴 안 감옥에 갇혔다. 같은 감옥에 갇힌 달구가 족제비에게 소리쳤다.

"서자 놈들에게 붙더니 꼴좋다!"

바닥에서 겨우 몸을 일으킨 족제비가 비웃었다.

"네놈은 뭐 살 줄 아느냐? 우리 신세는 어차피 개돼지랑 같은 거야! 이놈아!"

성이 잔뜩 난 달구가 두 팔을 휘저으며 족제비를 붙잡으려 했지만 다리를 쓸 수 없어 결국 포기했다. 그가 감옥을 지키는 자에게 물었다.

"나 달구요! 도달구! 보아하니 당신들 좌의정 사람들이 아닌 가배? 난 이 작자들과 달라! 알간? 난 좌의정이랑 한편이라 이 말이야! 그 아들하고도 친하다 이 말이지! 알간? 빨리 풀어주지 않으면 내 장차 가만두지 않을 거란 애기지!"

감옥을 지키던 자가 음산한 미소를 머금더니 속삭였다.

"여기 들어온 이상 살아선 못 나가. 조용히 황천길 갈 준비나 하시지."

상대를 멍하니 바라보던 달구가 풀이 죽어 말했다.

"하긴. 내가 살려면 뭘 줄 게 있어야겠지? 난 없지. 그래! 난 아무것도 없군."

족제비가 처량한 표정으로 입을 뗐다.

"이제 알겠어? 저것들이 우릴 바로 안 죽인 건 증거를 안 남기

러는 거야. 이 골짜기 어디다 확 파묻으면, 뭐 누가 알 거야? 그 돌머리로 삵 형님을 어찌 죽였누? 쯧쯧!"

두 눈을 질끈 감은 달구가 말했다.

"새파란 나이에 뒈질 저 초립둥이 자식들보다야 내가 훨씬 낫지! 물론 저 늙은 것들보다야 억울하고."

달구가 바라보는 맞은편 감옥엔 남궁두와 박 주부가 함께 갇혀 있었다. 그리고 바로 그 옆 감옥에 박 포교가 홀로 앉아 있었는데, 그 역시 달구처럼 자신이 좌의정의 사람이라고 주장했지만 거듭 묵살되자 더 이상 항의를 포기한 상태였다.

좌의정이 몸소 감옥 앞에 나타난 건 정오 무렵이었다. 그는 족제비 부하들이 갇혀 있는 감옥 하나하나를 둘러보며 꼼꼼히 인원을 확인해 나갔다. 마침내 초립둥이들이 갇힌 감옥 앞에 멈춰 선 그가 천천히 말했다.

"네 아비들이랑 잘 안다만, 결국 이리 된 걸 어쩌겠느냐? 칠서회인지 뭔지 만들 때부터 너희 놈들 운명이 이리 정해진 거다. 혁중이와 균이 놈까지 잡아들이면 한자리에 고이 묻어 주마. 새 세상의 밑거름이 된다 여기고 부디 편히 눈 감거라!"

초립둥이 하나가 외쳤다.

"대감! 저는 박순의 서자 박응서입니다. 제 왼쪽은 심전의 서자 우영이며, 오른쪽은 서익의 서자 양갑입니다!"

감옥 앞으로 다가간 좌의정이 물었다.

"내 이미 다 안다. 그래서 뭘 어쩌란 거냐? 이제 와서 살려달라는 거냐?"

고개를 저은 응서가 소리쳤다.

"대감께서 만든다는 그 새 세상 말입니다."

"그래서?"

"그 세상엔 서자가 없습니까?"

입을 씰룩이며 웃던 좌의정이 대답했다.

"있건 말건 무슨 차이냐? 조선은 적자들의 나라고, 너흰 주제를 알고 숨죽여 살면 그뿐이었다! 항상 분수를 넘는 게 문제지."

이번엔 우영이 외쳤다.

"사병을 이끌고 역성혁명을 하시려는 듯한데, 어디 그게 되겠습니까? 혁중과 균이 비밀장부로 고변하면 대감 운명도 곧 끝인 줄 아셔야 합니다!"

분노로 입술을 부르르 떤 좌의정이 멀찌감치 서있던 사병에게 손짓했다. 그러자 사병이 책 한 권을 쥐고 다가왔다. 책을 뺏어든 좌의정이 외쳤다.

"이게 너희 놈들이 그리 떠드는 그 장부라는 거다! 잘 보아라!"

좌의정이 사병 하나로부터 횃불을 건네받더니 장부에 가져다 댔다. 기름기를 머금은 장부는 사르륵 타들어가다 이내 재로 변해 버렸다. 멀뚱히 그 모습을 바라보는 무륜당 무리를 향해 좌의정이 싸늘하게 말했다.

"역성혁명이라고? 흥! 난 그런 걸 할 필요가 전혀 없다. 임금이 항상 옆에서 바로 날 따를 것이기 때문이다!"

그러자 양갑이 물었다.

"주상 전하를 모독하지 마시오! 주상께서 어찌 좌상 대감을 따르신다는 게요? 무엄합니다!"

두 눈을 부릅뜬 좌의정이 목소리를 높였다.

"듣거라! 임금이 뭐 별거더냐? 용상에 앉은 빈껍데기가 아니더냐? 어차피 나라를 움직이는 건 바로 나이니라! 그깟 껍데기 다른 걸로 바꾸면 그만 아니냐? 누가 알아채기라도 할 성 싶으냐? 난 날 따르는 임금 명을 받들어 혁명을 이룰 것이다! 조정을 모조리 뒤엎고 진정한 선비의 나라를 만들 것이야! 다음 세상의 진짜 왕을 뵙고 죽는 걸 영광으로 알거라!"

양갑이 두려움에 떨며 다시 물었다.

"임금님을 바꿔치겠단 거요? 어찌 그리 무서운 짓을?"

그때 다른 감옥에 있던 박 포교가 좌의정을 향해 급히 소리쳤다.

"대감! 지금 그러실 때가 아닙니다! 여기 이놈을 속히 죽이십시오!"

박 포교 쪽으로 성큼성큼 걸어간 좌의정이 노기 띤 목소리로 말했다.

"네 녀석 뭘 잘했다고 감히 내게 이래라저래라 명령이냐? 하라는 일도 제대로 못 한 주제에!"

감옥의 나무 기둥을 두 손으로 움켜쥔 박 포교가 좌의정을 향해 다시 외쳤다.

"이놈을 보십시오! 기절한 척 꾸미고 있지만 방금 꿈틀대는 걸 제 눈으로 봤습니다!"

좌의정이 박 포교가 가리키는 곳으로 눈길을 돌리자 박 주부 옆에 쥐죽은 듯 누워 있는 남궁두의 뒷모습이 나타났다. 좌의정이 남궁두와 박 포교를 번갈아 바라보다 물었다.

"그럼 저 녀석이 널 꺾은 균의 무사냐?"

"무사는 아니옵고, 그림자로 변하는 도사입니다!"

눈을 가늘게 뜬 좌의정이 다시 물었다.

"그림자로 변한다고?"

"그렇습니다."

"그럼 태워 버리지 그랬느냐?"

"제 공력이 조금 모자랐습니다. 대감의 사병들에게도 누누이 경고했지만 믿어 주질 않더이다! 어서 없애십시오!"

뒷짐을 지고 남궁두를 관찰하던 좌의정이 또 물었다.

"고작 그림자 둔갑술에 당했다는 거냐? 그 약한 나무 감옥조차 빠져나오지 못할 정도로?"

이를 악문 박 포교가 머리를 숙이며 대답했다.

"저 녀석이 제 혈도를 모두 부숴 버렸습니다."

"그래서 화공을 쓰지 못한다?"

"그렇습니다."

가만히 한숨을 내쉰 좌의정이 속삭였다.

"그럼 이제 넌 쓸모가 없지 않느냐?"

박 포교가 고개를 쳐들며 물었다.

"무슨 말씀이십니까?"

"화공도 쓰지 못하는 불귀신을 어디다 쓰겠느냐? 게다가 널 꺾었다는 저 도사 놈은 왜 저렇게 힘없이 자빠져만 있는 거냐? 다른 녀석한테 당해 놓고 엉뚱한 놈한테 뒤집어씌우는 게 아니냐? 그런다고 네 허물이 없어지겠느냐?"

고개를 거칠게 저은 박 포교가 울부짖었다.

"소인을 어찌 하셔도 좋습니다! 하지만 저놈은 빨리 처치하셔야 합니다. 당장은 기력이 쇠해 약해 보이나 곧 그림자로 변해 빠져나갈 것입니다! 제발 믿어 주십시오!"

좌의정이 코웃음을 치며 말했다.

"벌건 대낮에 그림자로 변한다? 네가 실성을 했구나?"

아우성치는 박 포교로부터 등을 돌린 좌의정이 사병들에게 말했다.

"시끄러우니 저놈 목부터 당장 쳐라! 나머진 의금부 도사가 산채의 잔당들을 잡아오면 한 구덩이에 죄다 묻어 버리거라!"

사병 하나가 쭈뼛거리며 물었다.

"혹시 둘째 도련님도?"

이마에 실핏줄이 돋아난 좌의정이 낮은 목소리로 대답했다.

"내게 그런 아들은 이제 없다. 암자에 가서 기다릴 테니 다 정리되면 보고하거라."

좌의정이 뒤도 돌아보지 않고 암자 쪽으로 올라간 뒤 박 포교는 어디론가 끌려 나가 다시 돌아오지 않았다.

박 주부가 그 후로도 여전히 감옥 바닥에 널브러져 있던 남궁두를 물끄러미 내려다보며 소심한 목소리로 속삭였다.

"이보시오! 당신, 혹시 그림자 인간이 맞지 않소?"

아무 대답이 없자 박 주부가 남궁두의 볼을 살짝 때리며 중얼거렸다.

"예전에 달이 휘영청 뜬 밤, 날 이렇게 때렸던 사람 아니시오?"

그 순간 남궁두의 몸이 푹 꺼지며 흐물흐물 검은 덩어리로 변해 갔다. 덩어리는 놀란 박 주부의 뺨을 툭 치더니 순식간에 사라져 버렸다.

 균과 혁중이 집에 없다는 걸 알아낸 의금부 도사는 아침 일찍 부하들을 이끌고 곧장 숭례문 밖 산채로 향했다. 의금부 코앞에서 이미 한 차례 당했던 터라 그는 잔뜩 독이 올라 있었다. 그가 나졸들을 인솔하는 나장들에게 말했다.
 "너희 나장들 무에 실력을 잘 안다만, 어리다고 결코 얕봐선 아니 된다. 상대 숫자가 적다고 방심해서도 아니 된다. 가급적 조용히 생포하되, 정 아니 되면 죽여도 좋다는 좌상 대감 분부시다! 알겠느냐?"
 나장들이 짧고 굵게 대답했다. 만족한 웃음을 머금은 의금부 도사는 산채 주변 골목길마다 나졸들을 배치하고 신중하게 포위망을 좁혀 갔다. 마침내 산채 입구까지 다다른 그는 균이 밖으로 나오기를 정오까지 끈질기게 기다렸다. 하지만 산채 안에선 어떤 인기척도 감지되지 않았다. 초조해진 의금부 도사가 정예 나장 두 명에게 산채 안으로 진입할 것을 명했다.
 무륜당 산채는 퇴로가 없는 대신 입구가 좁아 수적 열세를 얼마든지 극복할 수 있도록 설계돼 있었다. 급습이 아닌 한 무공이 뛰어난 데다 준비까지 갖춘 균과 혁중을 나장 둘이 제압하긴 어려웠다. 그들은 혁중의 발차기에 차례로 문밖으로 튕겨 나와 나뒹굴었다.

의금부 도사가 몸소 방패를 쥐고 앞으로 나서며 말했다.

"팽배수가 앞서고 장창수가 뒤따른다!"

방패를 든 팽배수가 입구로 들어서며 엄호하자 장창수가 바로 뒤에서 긴 창을 뻗어 공격했다. 그렇게 한 조가 산채 진입에 성공하자 균과 혁중의 격렬한 저항은 더 이상 의미가 없었다. 나장과 나졸들에 둘러싸인 균이 외쳤다.

"대체 무슨 혐의로 이러는 것이냐? 나 허엽 선생의 아들 허균이다!"

의금부 도사가 앞으로 나서며 대꾸했다.

"너희들은 전옥서에 침투해 옥리들을 구타하는 등 나라의 국법을 어겼고, 사사로이 작당하여 시장 상인들을 괴롭혔으며, 나아가 재물을 모아 장차 임금님께 도전하려 한 역도들이다! 스스로 죄를 인정하고 오라를 받아라!"

균이 앞으로 나서며 외쳤다.

"저희들은 나라를 걱정하는 마음으로 도원결의를 맺었을 뿐이고, 국법을 어겼다는 증거는 어디에도 없습니다. 또한 상인들을 괴롭힌 자들은 따로 있었으니, 바로 그들이야말로 역도들입니다! 금부도사께서도 같은 역도의 무리가 아닐진대, 어찌 허술한 심증만으로 이리 모질게 구시는 겁니까?"

의금부 도사가 균을 뚫어지게 노려보더니 물었다.

"나를 역도의 무리라고 했느냐?"

뒤로 한 걸음 물러선 균이 대답했다.

"말꼬리를 붙잡진 마십시오! 의금부야말로 역도를 징벌하는 최후의 보루가 아닙니까? 부디 정의의 편에 설 마지막 기회를 저버리지 마십시오!"

의금부 도사가 허리춤에서 환도를 빼어 든 채 눈을 부라리며 외쳤다.

"어린놈들이 뵈는 게 없구나! 스스로 명줄을 재촉했으니 후회하지 말거라!"

칼 손잡이를 두 손으로 움켜쥔 의금부 도사가 공중으로 날아올랐다. 그의 칼이 균의 목을 베려는 순간, 혁중이 던진 표창이 의금부 도사 팔뚝에 날아가 박혔다. 칼은 방향을 잃고 쨍그랑 소리를 내며 바닥에 떨어졌다. 분노한 의금부 도사가 소리쳤다.

"창으로 저 두 역도들 몸을 꿰뚫어 버려라! 잘린 목이라도 가져오라는 좌상 대감 명이시다!"

균과 혁중은 산채의 가장 깊숙한 곳 귀퉁이까지 밀리사 서로 등을 대고 방어 자세를 취했다. 혁중이 말했다.

"도사님께선 왜 이리 늦으시는 거지?"

균이 주변에 그림자가 없는지 두리번거리며 대답했다.

"우린 숨만 붙어 있으면 돼. 그러면 수명을 늘려주실 거야!"

"목이 잘리는데 숨이 어떻게 붙어 있어?"

"그건 나도 모르겠다."

장창수들이 두 사람을 에워싸고 최후의 일격을 가하려는 찰라, 갑자기 산채 밖으로부터 칼이 서로 맞부딪치는 소리와 비명 소리가 연이어 들려왔다. 놀란 의금부 도사가 황급히 산채 밖으로 뛰어나가자 장창수들의 대오가 잠깐 흐트러졌다. 그 틈을 놓치지 않은 균과 혁중은 장창수들의 창을 가볍게 딛고 허공에 몸을 띄운 뒤 반대편 지면에 가볍게 착지했다. 무방비로 등을 노출한 장창수들이 서둘러 창 방향을 바꾸려 했지만, 바꾸려는 방향이 좌우로 제각각인지라 서로 뒤엉켜 버리고 말았다.

"모조리 때려눕히자!"

혁중이 부르짖으며 먼저 장창수들 등을 향해 발차기를 시작했다. 두 사람은 건장한 장창수 여럿을 손쉽게 쓰러뜨린 뒤, 바닥에 떨어진 창을 쥐고 산채 밖을 향해 내달렸다. 산채 밖에서는 두 무리가 뒤엉켜 혈투를 벌이고 있었다.

"초희 누나!"

혁중이 칼을 휘두르고 있던 초희를 발견하고 외쳤다. 균이 창을 회전시켜 공간을 만들어내자 초희가 몸을 땅에 굴려 그 공간 안으로 비집고 들어왔다. 균이 급히 물었다.

"여긴 무슨 일?"

초희는 대답 대신 혁중의 손을 꽉 쥐고 말했다.

"진짜 벗은 생사를 같이 해야지. 안 다쳤니?"

혁중이 다른 손으로 창을 휘두르며 대답했다.

"초희만 두고 죽지 않아!"

균이 어이없다는 듯 혁중을 보며 말했다.

"초희? 너 이제 누나를 막 초희라 불러?"

초희가 균의 머리를 쥐어박으며 소리쳤다.

"우선 이 성가신 나졸들부터 치우고 얘기하지?"

세 사람은 갈 지 자로 번갈아 비껴가는 보법으로 전진하며 싸웠다. 어느 순간 균 옆으로 바짝 다가온 봉이 말했다.

"균아! 너 이 일 끝나면 조금 혼나야 될 거야."

균이 물었다.

"어떻게 알고 오셨어요?"

초희 쪽을 힐끗 본 봉이 대답했다.

"초희가 다 설명해 줬다. 우선 이 역도들을 진압하도록 하자!"

"어떤 병사들을 몰고 오신 거지요?"

"좌포청 종사관이 우리 동인당 사람이다."

"좌포청 포졸들이로군요?"

"급한 대로 소집했다. 난 가짜 둘째형이 아니니 안심하고!"

균과 혁중이 용맹하기로 유명한 의금부 나장들을 차례로 제압하자 나머지 나졸들은 순식간에 사기를 잃고 무기를 버리기 시작했다. 지루했던 싸움은 좌포청 종사관이 의금부 도사를 비롯한 포로들을 산채 안 우리 속에 가두며 모두 끝났다.

균이 초희에게 물었다.

"어떻게 된 거야?"

초희가 칼을 칼집에 집어넣으며 대답했다.

"난 처음부터 의심하고 있었어."

"뭘?"

"어제 둘째 오빠 말이야. 생긴 건 똑같은데, 말투가 달랐어. 시간을 벌려고 혁중이를 부르자고 했는데, 그 가짜가 이상하게 너무 서둘더라고. 그때 희미하게 눈치 챘어!"

"그래서?"

"네가 밖으로 급히 나가고 나서 혁중이도 곧 따라 나가 버렸잖아? 밤새 돌아오지 않더라고. 그래서 혼자 오래 궁리해 봤어. 둘째 오빠가 가짜였으니 그건 정말 큰일이잖아? 아침 일찍 진짜 둘째 오빠 침소로 달려가 자초지종을 다 일러바쳤지."

"우리가 여기 있을 거란 건 어떻게 알았어?"

"뭔가 일이 터졌다면, 너희들 갈 데가 여기밖에 더 있어?"

백운대 동굴 감옥에서 쏜살같이 튕겨 나온 남궁두는 좀체 기력을 다 회복하지 못했다. 그는 그림자로 변했다가도 어느 순간 끈적끈적한 검은 액체가 되어 땅에 쏟아졌다. 과도하게 빨아들인 박 포교의 불기운이 몸의 균형을 깨버린 탓이었다. 유일한 해결책은 물기운을 보충하는 동시에 불기운은 낮춰줄 수 있는 다른 불기운, 즉 술을 마시는 것뿐이었다.

온몸이 너덜너덜해진 남궁두는 주막을 찾아 이리저리 헤맸다. 산 아래 주막집이 있을 리도 만무했지만, 설령 있다 해도 벌건 대낮에 술을 팔 것 같지도 않았다. 지친 그는 마침 지나가는 똥지게꾼 그림자에 슬쩍 겹쳐졌다. 간신히 그림자 형태를 유지하긴 했지만 곧 액체화가 진행되자 똥지게꾼 발걸음이 급속히 무거워지기 시작했다. 다리를 질질 끌던 똥지게꾼이 고개를 갸웃하며 자신의 발을 내려다봤다. 시커멓고 끈적거리는 검은 물체가 보이자 깜짝 놀란 그가 몸을 비틀었고, 거름으로 쓸 똥장군 속 오물이 바닥에 뿌려졌다.

"에이! 더러워!"

오물이 몸에 닿자 기겁을 한 남궁두가 사람 형상을 갖추기 시작했다. 그 모습을 본 똥지게꾼이 땅바닥에 주저앉으면서 똥장군은 아예 박살이 나 버렸다.

"미안하게 됐소!"

급히 사과한 남궁두는 비틀거리며 밭이랑 사이를 걸었다. 여간해선 큰 길이 나올 기미가 보이지 않았다. 그러자 몸을 작게 농축시킨 그가 근처를 날던 까치에 달라붙었다. 까치가 크게 휘청거리며 땅에 내려앉더니 힘겹게 뒤뚱대기 시작했다. 차라리 걷는 게 낫겠다 싶었는지 남궁두가 다시 사람 형상으로 돌아와 논둑에 앉았다.

바람이 불어오자 남궁두의 긴 머리가 이리저리 휘날렸다. 빨리 산채로 가봐야 했지만 달리 뾰족한 수가 없었다. 한숨을 내쉬던 그의 눈에 멀리 소달구지 하나가 들어왔다. 그림자로 변한 그가 남은 힘을 모두 짜내 날아가 달구지 위로 떨어졌다. 지쳐 눈을 감고 누운 그는 그 상태로 한참을 이동했다.

잠에서 깬 남궁두가 눈을 뜨자 농부 여럿이 그를 내려다보며 서 있었다. 달구지는 민가가 제법 많은 어느 마을 어귀에 도착해 있었다. 달구지를 몰던 농부가 코를 움켜쥔 채 물었다.

"뉘슈? 대체 언제 탄 거고? 이 거름 냄새는 또 뭐고?"

옆의 농부들이 갈퀴와 낫을 들고 남궁두를 겨냥했다. 겨우 일어나 주변을 두리번거리던 남궁두가 입을 열었다.

"내 은혜를 잊지 않겠으니, 어디 맑고 센 청주나 한 잔 마시게 해주시겠소?"

헛웃음을 머금은 농부 하나가 말했다.

"청주? 우리처럼 가난한 농부들에게 그게 어디 가당키나 한가? 탁주라면 좀 줄 수 있지만!"

한숨을 푹 내쉰 남궁두가 말했다.

"그거라도 주시요! 탁주라면 효과가 떨어져서 좀 많이 주셨으면 하는데?"

키득거리던 농부들이 서로 수군대더니 한 명이 대표로 나서서 말했다.

"보아하니 떠돌이 땡중인 것 같은데, 그래도 우리 마을 찾은 손님이니 예의상 접대는 하겠소. 하지만 빨리 마시고 썩 꺼지쇼!"

고개를 끄덕인 남궁두가 달구지에서 내려 농부들 뒤를 따라 마을 안으로 들어섰다. 그는 농부들이 가져온 탁주 한 동이를 단숨에 들이켰다.

"더 드실 수 있으슈?"

농부 하나가 놀란 눈으로 물었다.

"더 갖다 주시구려! 성불하려면 술이 최고 아니겠소이까?"

남궁두가 큰소리치자 농부들이 마을 이집 저집에서 몰래 담근 밀주까지 들고 나타나기 시작했다. 남궁두가 술을 연거푸 마서대자 큰 구경거리가 생긴 마을 사람들이 웅성거리며 모여들었다. 그들은 술동이가 비워질 때마다 탄성을 쏟아냈다. 한 사람이 소리쳤다.

"저 양반 사람이 아니라 관음보살 아닐까? 사람이 어찌 저리 마실 수 있누?"

우쭐해진 남궁두가 술기운으로 오른 힘도 시험해볼 겸 그림자로 변해보았다. 마을사람들은 일제히 관음보살을 외치며 땅에 엎드렸다. 남궁두가 트림을 한 후 물었다.

"혹시 마을에 병에 걸려 누워 있는 자가 있는가?"

달구지 주인이 무릎걸음으로 다가와 대답했다.

"마을 노인들 대부분이 지난 돌림병에 죽었고, 지금 제 칠순 노모가 병들어 누워 있습니다. 관음이시여! 도와주소서!"

몸을 일으킨 남궁두가 앞장서며 말했다.

"어서 환자 있는 곳으로 안내하라!"

남궁두가 달구지 주인을 따라 걷자 온 마을 사람들이 몸을 숙이고 그를 뒤따랐다. 달구지 주인의 노모가 누워 있는 방으로 들어선 남궁두가 정신을 집중한 후 두 손을 합장하며 기를 불러 모았다. 마을 사람들 모두가 그 모습을 숨죽이며 바라보고 있었다. 남궁두가 두 손바닥을 환자를 향해 펼치고는 마치 장풍을 쏘듯 앞으로 쭉 뻗었다.

수명이 늘어난 달구지 주인의 노모는 눈을 번쩍 뜨더니 천천히 일어나 앉았다. 그녀는 자신이 어디에 있는지도 모르고 아들

이름만 목 놓아 불렀다. 놀라운 광경을 목격한 마을 사람들은 모두 합장하며 남궁두에게 머리 조아려 절을 올렸다. 그들이 정신을 차리고 고개를 들었을 때, 남궁두의 모습은 이미 자취도 없이 사라지고 난 뒤였다.

# 경복궁의 두 임금

그림자로 변한 남궁두가 숭례문 밖 산채에 나타났을 때는 의금부와 좌포청 사이의 격렬한 충돌이 끝난 지 이미 꽤 지난 뒤였다. 남궁두의 그림자를 먼저 발견한 건 산채 앞을 초조히 서성이던 균이었다. 그는 바닥에 어른대는 검은 얼룩을 보자마자 외쳤다.

"왜 이리 늦으셨습니까?"

천천히 사람 모습으로 변한 남궁두가 다가오자 균이 코를 잡으며 뒤로 물러섰다.

"구린내가 심하시군요?"

"그렇게 됐다. 할 말이 아주 많구나!"

남궁두의 목소리를 듣고 산채 밖으로 뛰어나오던 초희 역시 코를 쥐며 비명을 질렀다. 뒤이어 나타난 혁중과 봉이 숨을 참으며 남궁두에게 인사를 건넸다.

"냄새가 나 미안하지만 한가히 이럴 때가 아니다!"

남궁두가 주변을 에워싼 포졸들을 둘러보고 난 후 빠르게 말했다. 고개를 절레절레 흔들던 초희가 산채 안 우리에 갇힌 나장 한 명의 겉옷을 벗겨와 남궁두에게 주며 말했다.

"아무리 그래도 이건 아니죠! 어서 갈아입으세요!"

균과 혁중이 앞을 가로막아 가려주자 남궁두가 서둘러 옷을 갈아입으며 말했다.

"이 냄새야말로 백성의 냄새고 우리가 먹는 쌀의 본래 냄새인 것이다. 어쩌면 관음보살의 냄새일 수도 있느니라! 거 참!"

선채 안으로 들어선 남궁두는 자신이 보고 들었던 일들을 모두에게 소상히 털어놓았다. 균도 남궁두가 잡혀간 뒤 벌어졌던 사건들을 있는 그대로 전했다. 심각한 표정이 된 남궁두가 속삭였다.

"이거 보통 일이 아니다! 당장 경복궁으로 가봐야겠다."

묵묵히 듣고만 있던 봉이 나섰다.

"몸 전체를 다른 사람으로 바꾸는 자가 있다는 건데, 그렇다면 임금 자리가 이미 그 가짜로 바뀌지 않았다는 보장도 없습니다. 무조건 대궐에 들어간다 한들 무슨 신통한 수가 나겠습니까?"

균이 말했다.

"밝은 대낮에 진짜 임금님을 처리하긴 쉽지 않을 겁니다! 내시들과 궁중 나인들이 우글거리는데 궐 밖으로 납치하기란 불가능하고요. 저들이 뭔가 시도한다면 틀림없이 보는 눈이 적은 저물녘일 겁니다. 아직 막을 기회는 있습니다!"

이번엔 혁중이 말했다.

"제 생각엔 가짜 임금이 엉뚱한 교지를 발령할 계획인 듯합니다. 조정에 반역자들이 너무 많이 퍼져 있어 좌의정에게 숙청 권한을 모두 양도한다는 내용이 되지 않을까요?"

초희가 끼어들었다.

"맞아! 그렇게 되면 백운대에 있는 사병들이 대궐로 진입해 금군을 대신하는 거야. 경복궁이 완벽하게 좌의정 손아귀에 들어가는 셈이지!"

뒤쪽에 서 있던 좌포청 종사관이 한마디 거들었다.

"제가 좌포청 병력을 총동원해 백운대로 진격하겠습니다. 어떤 일이 있어도 그들이 성 안으로 들어오는 걸 막고야 말겠습니다!"

혁중이 벌떡 일어서며 외쳤다.

"제가 종사관님을 따르겠습니다. 균이는 도사님 모시고 대궐로 가서 어떻게든 교지 발부를 막도록 해!"

따라 일어선 초희도 외쳤다.

"둘째 오빠와 나도 돕겠어! 내 무예 솜씨는 이제 다들 잘 알 거고."

붉은 노을이 광화문 위를 물들이자 경복궁을 지키는 수문장이 사방에 횃불을 밝히라고 명령했다. 때마침 궐내 각사 곳곳에 등불이 밝혀지고 퇴청하는 관료들은 발길을 재촉하고 있었다. 그때 아무도 눈치 채지 못했지만 그림자 하나가 춤을 추듯 궁궐 담장을 타고 서쪽으로 살금살금 움직이더니 신호문 앞에서 문득 멈췄다. 남궁두였다.

남궁두가 아무리 살펴봐도 경복궁 어느 곳 하나 경비가 삼엄하지 않은 곳은 없었다. 그가 짧게 휘파람을 불자 내수사 골목에 몸을 숨기고 있던 균과 초희가 신호문 쪽으로 쏜살같이 뛰어왔다. 초희가 담장에 어른대는 그림자를 향해 물었다.

"경비병을 쓰러트리고 들어가면 안 돼요?"

그림자가 대답했다.

"괜한 소동을 일으키면 이로울 게 없다. 초희 너 혹시 공중으로 날아 궐내로 착지할 수 있느냐?"

균이 다가와 물었다.

"담장을 뛰어 넘습니까?"

그림자가 대답했다.

"아무래도 그 수가 좋겠구나. 초희야, 할 수 있겠느냐?"

궁중 나인 복장을 하고 있던 초희가 갑자기 치맛단을 말아 짧게 걷어 올리기 시작했다. 그림자가 물었다.

"뭐 하는 짓이냐?"

치마를 정돈하고 몸을 세운 초희가 대답했다.

"담장을 뛰어넘으라면서요? 치마가 밟히면 착지하기 힘들거든요."

그림자가 몇 차례 웃음소리를 내고 말했다.

"잠시 기다려라. 안쪽 상황부터 보고 오마."

그림자가 담장 너머로 넘어갔다가 되돌아오더니 속삭였다.

"이쪽 담장 너머는 안전한 평지다. 내가 너희들을 튕겨줄 테니 한 명씩 달려오너라."

균이 고개를 끄덕이고 조금 전까지 숨어 있던 골목길 쪽으로 되돌아갔다. 그는 휘파람 소리와 함께 담장을 향해 맹렬한 속도로 내달렸다. 담장에 몸이 거의 부딪치려는 찰라 둥글게 부푼 검은 덩어리가 균을 담장 위로 튕겨 올렸다. 허공에서 빙그르르 몸을 회전시킨 균은 담장 너머로 사라졌다. 잠시 후 쿵 하는 낮은 착지음이 들려오자 이번엔 초희가 골목길 쪽으로 이동해 달릴 준비를 했다.

휘파람 소리가 들리자 그녀는 균이 달렸던 방향을 따라 내달리기 시작했다. 담장에 이르기 직전까지 만든 속도가 조금 부족했는지 검은 덩어리가 그녀를 거의 수직으로 튕겨 올리고 말았다. 떨어지는 초희의 몸이 담장 꼭대기와 충돌하려는 순간 검은 덩어리가 그녀 몸을 다시 튕겨 담장 안쪽으로 밀어냈다. 초희의 몸은 빙글빙글 돌며 대궐 바닥을 향해 추락했다.

"균아! 비키거라!"

어느새 담장을 넘어온 검은 덩어리는 바로 아래 서있던 균을 밀어내며 초희의 몸을 받아냈다. 초희는 잠시 기절했다가 눈을 떴다. 남궁두와 균이 걱정스런 눈빛으로 그녀를 내려다보고 있었다. 벌떡 일어선 그녀가 말했다.

"피곤해서 졸았어! 어서 둘째 오빠를 찾자!"

같은 시간 사헌부 장령이었던 봉은 육조거리에 있던 관사에서 오후 근무를 하는 둥 마는 둥 마치고 이미 입궐해있는 상태였다. 임금과 조정 대신들의 비리를 감찰하는 임무를 담당하는 사헌부 장령은 막강한 자리였다. 대궐 안 어느 누구도 그의 입궐을 막을 수 없었다. 그는 경회루에서 근정전으로 이어지는 좁은 회랑에 몸을 감추고 균 일행을 기다리고 있었다.

"오빠!"

봉을 먼저 발견한 초희가 낮게 소리치며 경회루 옆길로 뛰어 그에게 다가갔다. 놀란 봉이 초희 입을 막으며 속삭였다.

"금군들이 돌아다니니 조용해라! 목소리가 어찌 그리 크냐?"

"우린 도사님이 계신데 뭘?"

초희가 퉁명스레 말하며 뒷짐을 졌다. 뒤이어 도착한 균이 물었다.

"임금님께선 어디 계십니까?"

봉이 초희 주변을 맴도는 그림자를 바라본 뒤 대답했다.

"침전으로 드시진 않은 듯하다. 사정전 근처에 내관들이 모여든 걸 보면 아마 거기 계신 것 같구나."

잠시 생각에 잠겼던 균이 말했다.

"근정전이 아닌 사정전이라면, 여태 누군가와 은밀히 국사를 논의하고 계시다는 뜻인데, 지금 누가 입궐해 있습니까?"

"나도 좀 전에 입궐해 알 수가 없다. 궐내 각사는 서인들이 독차지하고 있지 않느냐? 따로 물어볼 데도 없었다."

"무엇보다 지금의 주상께서 진짜인지 확인하는 게 급선무입니다."

말을 마친 균이 초희 그림자에 달라붙어 있던 다른 그림자를 물끄러미 내려다봤다.

사정전 앞마당은 내관들과 금군들로 삼엄하게 둘러싸여 있었다. 등불로 환히 밝혀진 사정전 안으로 막 들어선 건 서인당 소속이면서 비밀 원로회 회원인 형조판서와 병조판서였다. 그들은 임금을 마주하고 나란히 앉았다.

"과인이 좀 피곤하구려. 이 시각에 두 분이 무슨 일이시오?"

임금이 귀찮은 표정으로 먼저 입을 뗐다.

"긴히 의논드릴 일이 있사옵니다."

병조판서가 고개를 숙이며 대답했다. 임금은 한 동안 아무 말도 없었다. 좌의정이 사라진 조정을 자신의 뜻에 맞게 바꿔보려던 임금으로선 두 사람의 출현이 달가울 리 없었다. 형조판서가 입을 열었다.

"종묘사직의 기둥인 좌의정 대감이 잠시 자리를 비웠으니, 그 빈틈을 노린 역도들이 들끓지 않을까 크게 염려되는 바입니다. 특단의 대책이 필요하다 사료됩니다만…."

임금의 눈썹이 가늘게 떨렸다. 침통한 표정을 지은 그가 가는 목소리로 물었다.

"종묘사직의 기둥은 여기 있는 바로 나 아니오? 역도라니, 이 무슨 뜬금없는 소리요?"

눈을 사납게 치켜뜬 병조판서가 목청을 높여 말했다.

"역도는 언제나 있는 법입니다! 다만 좌의정 대감께서 튼튼히 막아 그동안 잠잠했을 따름입니다! 통촉하소서!"

서안을 손가락으로 톡톡 두드리던 임금이 기어들어가는 목소리로 다시 물었다.

"반정의 조짐이라도 있다는 얘기요? 과인이 그대들 말을 그동안 얼마나 잘 따라줬소? 그런데도 그리 불안한 상황이라면, 좌의정을 어서 다시 조정으로 불러들이시오. 허락하겠소. 그럼 됐소?"

고개를 저은 병조판서가 말했다.

"그런 뜻이 아니옵니다! 잠시만 내관들과 금군들을 멀리 물려주십시오! 정말 긴한 말씀을 올리고자 합니다!"

"금군까지?"

고개를 크게 끄덕인 병조판서가 대답했다.

"아무도 들어선 아니 될 중요한 일입니다!"

초조한 표정의 임금이 다시 물었다.

"혹시 내 안위에 관한 문제요?"

병조판서가 말없이 고개를 끄덕였다. 임금이 골똘히 생각에 잠겼다 입을 뗐다.

"그럼 좋소! 대신 내금위장만은 문 앞에 두겠소."

형조판서가 목소리를 잔뜩 낮춰 말했다.

"주상 전하! 저희가 막 포착해 아뢸 반역 음모자 명단에 내금위장도 포함돼 있습니다. 적은 가장 가까운 데 있다 하지 않습니까? 살펴주소서."

놀란 임금이 몸을 뒤로 물리며 두 사람을 번갈아 쳐다봤다. 내금위장이 반역에 가담했을 리는 없었지만, 임금은 그런 터무니없는 말을 거침없이 하는 두 사람이 몹시 두려웠다. 임금에게 병조판서의 말은 자신들이 언제든 반정을 꾀할 수 있다는 노골적 협박처럼 들렸다.

"내금위장도 물릴 테니, 음모 얘기를 빨리 끝내 주시겠소? 정말 피곤하구려."

임금이 말을 마치고 내관과 금군 모두에게 멀리 물러가도록 지시했다. 이제 임금을 지킬 수 있는 건 비밀경호대 소속인 겸사복 단 한 명뿐이었는데, 그마저 이미 서인당에 매수된 상태였다.

금군이 사라짐과 동시에 형조판서와 병조판서의 태도가 갑자기 바뀌었다. 그들은 몸을 일으키더니 거만한 걸음으로 임금 코앞까지 다가왔다. 당황한 임금이 겸사복을 불렀지만 사정전 주변엔 어떤 인기척도 없었다. 병조판서가 말했다.

"인생의 묘미가 뭔지나 아시오? 윤회가 현세에도 가능하다는 거요."

거의 방바닥에 드러누울 지경으로까지 몰린 임금이 떨리는 목소리로 물었다.

"병판! 형판! 이보시오! 대체 무슨 짓들이오? 정녕 실성이라도 했소?"

임금 얼굴에 자신의 얼굴을 바싹 갖다 댄 병조판서가 속삭였다.

"임금이란 과연 무얼까? 따지고 보면 같은 사람일 뿐인데, 태어난 자리가 달라 어떤 놈은 몸을 거세하고 내시로 살고, 또 어떤 놈은 수백 궁녀들을 거느리며 인생을 탕진하는 거잖아? 그럼 임금이란 그저 자리일 뿐인 거지. 그 자리에 누가 앉든 뭐가 달라지나? 안 그래?"

말을 마친 병조판서의 얼굴이 갑자기 꿈틀대기 시작했다. 마치 피부 아래 송충이 떼가 우글대는 것처럼 보였다. 이윽고 병조판서가 고개를 좌우로 세차게 흔들자 완전히 다른 얼굴이 나타났다. 바로 임금의 얼굴이었다.

"내가 이제 이 나라 임금이다. 그래도 세상엔 아무 변화 없을 거야. 아니지, 누구나 마음껏 먹고 마시는 태평성대를 열어볼까?"

서림이 임금의 목소리를 흉내 내며 말했다. 연신 까르르 웃던 그가 임금을 몰아내고 왕의 자리를 차지했다. 형조판서에게 멱살이 잡힌 임금이 서림에게 물었다.

"네놈 정체가 뭐냐?"

형조판서가 낮은 목소리로 대신 대답했다.

"임금이시다! 계속 무엄하게 굴면 이 자리에서 끝장내는 수가 있어."

겁에 질린 임금이 다리까지 풀려 몸이 축 늘어졌다. 그 순간 사정전 바깥에서 사람의 발소리가 들려왔다. 임금은 그게 내금위장이라 여겨 크게 소리쳤다.

"여기 역도들이 있다! 어서 포박하여 압송하라!"

하지만 방문을 열고 들어선 건 형조 좌랑 강승중이었다. 형조판서가 승중에게 물었다.

"금군은 여전히 멀리서 대기 중인가?"

고개를 숙인 승중이 떨리는 목소리로 대답했다.

"그렇습니다. 어명으로 입궐한다 둘러대고 왔습니다. 이제 어찌하면 됩니까?"

형조판서가 임금을 가리키며 말했다.

"이 자를 의금부로 옮겨라. 약속한 대로 두건을 씌우고 데려가라."

"금군에겐 뭐라고 말할까요?"

승중이 초조한 목소리로 물었다. 형조판서가 신경질적으로 대꾸했다.

"제발 아버님 생각을 해봐라. 머리가 그리 안 돌아가느냐?"

"잘 모르겠습니다. 대감!"

혀를 끌끌 찬 형조판서가 옷이 든 꾸러미를 내놓으며 낮고 빠르게 말했다.

"겸사복 놈이라고 해라! 임금을 해하려 했다고 하거라. 나머진 의금부가 알아서 한다지 않느냐? 그리고 나가며 금군들에게 사정전으로 빨리 들라 해라. 임금 용안을 보여주면 안심하고 아무 의심도 하지 않을 것이다. 알겠느냐?"

고개를 숙인 승중이 임금의 용포를 벗겨 서림에게 넘겨줬다. 서림이 용포로 갈아입는 동안 임금에게 겸사복 복장을 입히고 얼굴에 두건을 씌운 승중이 밖으로 나가려다 얼굴을 돌려 또 물었다.

"진짜 겸사복은 어디 있습니까?"

한숨을 내쉰 형조판서가 대답했다.

"대궐 어디서 쉬고 있겠지? 어서 가봐라! 어서!"

방문을 열던 승중이 멈칫대다 다시 물었다.

"임금님을 이대로 모시면 금군에게 사실을 발설하지 않으실까요? 어찌 해야 할지?"

분노한 형조판서가 목청을 높였다.

"주먹으로 쳐서 기절이라도 시키거라! 대체 아버님께 배운 게 뭐냐? 그리고 그 작자는 더 이상 임금 아니다! 정신 똑바로 차리거라!"

몸을 움츠린 승중이 주먹을 쥐고 두건을 쓴 임금을 때리려다 말다를 반복했다. 그가 흐느끼는 듯한 음성으로 속삭였다.

"차마 용안에 손을 대기 힘듭니다."

그 모습을 바라보던 서림이 성큼 다가와 임금의 머리를 후려 쳤다. 임금의 몸은 진흙처럼 무너져 내렸다.

아무리 덩치 좋은 승중이라도 기절한 임금을 등에 업고 걷는 건 쉽지 않았다. 그는 비틀대며 근정전 앞에 도열해 있던 금군들에게 천천히 다가갔다. 내금위장이 의아한 표정으로 물었다.
"좌랑은 누굴 업고 있는가?"
크게 숨을 몰아쉰 승중이 떨리는 목소리로 대답했다.
"주상 전하 명으로 검사복을 이송하는 중입니다."
내금위장이 칼 손잡이에 손을 댄 채 조금씩 다가서며 다시 물었다.
"검사복을 왜?"
"임금님께 역심을 품었다는 사실이 들통났습니다. 전하께서 지금 금군을 찾으십니다. 가 보시면 아실 일입니다."
내금위장이 승중의 뺨을 타고 흐르는 땀방울을 주시했다. 미동도 않던 그가 칼을 뽑아들면서 외쳤다.
"금군들은 들어라! 우측 열은 지금 즉시 사정전으로 가 주상 전하의 안위를 확인한다! 바로 출발하라!"
금군 일부가 빠른 속도로 사정전 방향을 향해 뛰어갔다. 당황한 승중에게 칼을 겨눈 내금위장이 말했다.

"좌랑은 겸사복을 땅에 내려놓고 뒤로 다섯 보 물러서라! 두건을 벗겨 직접 확인하겠다!"

한참을 망설이던 승중이 임금을 바닥에 내려놓고 뒷걸음질했다. 칼을 칼집에 넣은 내금위장이 조심스레 임금에게 다가가 두건을 벗겼다. 깜짝 놀란 그가 뒤로 넘어졌다 튕기듯 다시 일어서며 외쳤다.

"주상 전하시다! 역도인 좌랑을 체포한다!"

내금위장의 명령과 동시에 칼을 빼든 금군들이 임금 주변을 에워쌌다. 몸이 얼어붙은 승중은 자신을 향해 다가오는 내금위장에게 뭐라고 말을 하려 노력했지만 혀마저 굳었는지 신음소리만 내고 말았다. 그 순간 누군가 근정전 반대편 모서리를 쏜살같이 통과해 금군을 향해 뛰어왔다. 자신을 막아서는 금군들을 차례차례 쓰러뜨리고 내금위장 앞까지 돌진한 자는 진짜 겸사복이었다.

"내금위장은 칼을 내리고 주상 전하 명을 받들라!"

겸사복이 사나운 표정을 지으며 소리쳤다. 두 손으로 칼을 고쳐 쥔 내금위장이 말했다.

"주상 전하께선 여기 계시다! 네놈이 감히 역심을 품었느냐?"

겸사복은 망설임 없이 몸을 솟구쳐 내금위장 머리를 겨냥해 칼을 내리쳤다. 간신히 공격을 피해낸 내금위장이 막 의식을 회복한 임금 앞을 막아서며 외쳤다.

"금군들은 들으라! 정문으로 가 궁수들을 데려온다! 저항하면 대궐 안 누구든 즉시 사살해도 좋다!"

금군 일부가 정문을 향해 움직이려 할 때 사정전으로 갔던 금군들이 되돌아왔다. 그들 가운데 하나가 내금위장을 향해 소리 질렀다.

"내금위장! 주상 전하께선 무탈하십니다! 어서 들라고 하십니다!"

놀란 표정을 지은 내금위장이 자신 뒤에 있는 임금을 가리키며 외쳤다.

"주상 전하께선 여기 계시다! 무슨 헛소리를 하는 거냐?"

금군들이 두 진영으로 나뉘어 서로 대치하려는 순간, 형조판서가 근정전 뜰로 들어서며 소리쳤다.

"모두 칼을 거둬라! 이분께서 진짜 주상 전하시다!"

형조판서 뒤로 서림이 곤룡포를 휘날리며 나타나자 모든 금군들이 칼을 내리고 뒤로 물러섰다. 승중 옆을 지나치던 형조판서가 그를 힐끗 쳐다보며 속삭였다.

"쯧쯧, 못난 놈! 좌상 대감만 아니면 당장 쫓아내고 싶구나!"

서림이 근정전 섬돌 위로 사뿐히 올라서서 임금을 손가락질하며 외쳤다.

"저 작자는 나를 흉내 내는 가짜 임금이다! 당장 의금부로 압송하도록 하라!"

천천히 몸을 일으킨 임금이 서림을 향해 몇 걸음 다가가며 소리쳤다.

"저놈이야말로 역도다! 내금위장은 속지 말고 어서 저들을 체포해 하옥하라! 당장 내일 추국청을 열고 직접 국문하겠다!"

# 왕비

왕비를 모시는 최 상궁에게 자초지종을 설명한 초희는 상대가 자신을 믿어 주리란 확신이 없었다. 내세울 수 있는 거라곤 부친과 오빠들뿐이었기에 그녀는 스스로의 초라한 내면을 들킨 것 같아 부끄럽기조차 했다. 하지만 오십 중반의 노련한 최 상궁은 비록 궁중 나인 복장을 했지만 자신에게 역모를 고변하는 소녀의 비범함을 금방 눈치 챘다.

"오빠가 사헌부 장령이라 하셨소?"

최 상궁이 다른 나인들을 물리치고 초희에게 물었다.

"소녀 말을 믿어주시는 겁니까?"

초희가 눈을 깜빡이며 최 상궁에게 되물었다.

"말투며 행동이 분명 나인 따위가 아니신 듯하고, 고변의 내용도 구체적인지라 아니 믿는 게 더 힘들지 않겠습니까? 제게 바라시는 게 뭡니까?"

"왕비님을 뵙게 해주세요!"

최 상궁은 조용히 초희를 바라보기만 했다. 초희가 다시 입을 열었다.

"교태전에 들어가게만 도와주시면 됩니다."

최 상궁이 교태전 쪽을 지긋이 바라보고 대답했다.

"지금 저녁을 드시고 계십니다. 하신 말씀이 하도 놀라워 제 가슴도 이리 뛰는데, 중전 마마께서 이 애길 들으시고 급체라도 하신다면 곤란합니다."

초희가 고개를 세차게 가로저으며 급히 말했다.

"나라의 근본이 바뀌는 문제입니다. 마마께서 당장 근정전으로 납셔야만 합니다!"

최 상궁이 멀찍이 떨어져있던 나인들을 가까이 오도록 손짓했다. 그녀가 나인 한 명에게 속삭였다.

"기미상궁이 들어간 지 얼마나 됐느냐?"

"잠시 전입니다."

뭔가 골똘히 생각에 잠겼던 최 상궁이 혼잣말로 중얼댔다.

"그럼 아직 진지에 손도 대지 않으셨겠구나."

최 상궁이 갑자기 초희의 손목을 잡더니 교태전을 향해 앞장서 빠르게 걷기 시작했다. 그녀는 걸으며 초희에게 속삭였다.

"제가 지시하기 전까진 한마디도 먼저 꺼내시면 아니 됩니다. 궁중엔 목숨보다 더 중요한 법도라는 게 있습니다. 아시겠지요?"

초희가 비장한 목소리로 대답했다.

"소녀도 목숨을 건 일입니다."

고민에 빠진 내금위장은 모든 금군들을 뒤로 물리고 검사복에게 말했다.

"용안만으로는 어느 분께서 진짜 주상 전하신지 알 길이 없다. 자네도 칼을 내리고 물러선다면 나도 물러서겠다."

서림을 돌아본 검사복이 망설이자 형조판서가 소리쳤다.

"용포를 입고 계신 분께서 주상 전하가 아니겠느냐? 내금위장은 머리가 돌아가지 않는단 말이냐?"

내금위장이 형조판서를 노려보며 물었다.

"대감! 아까 입궐했던 병조판서께선 어디 계시오? 분명 두 분이 사정전으로 드시지 않았소?"

형조판서가 당황한 기색이 역력하자 서림이 금군들에게 외쳤다.

"금군은 들어라! 보아하니 저 내금위장 역시 역도들과 한패다! 일이 하도 심중하여 내 은밀히 해결하고자 했을 뿐이다. 니희들은 당장 내금위장을 포박하라!"

형조판서가 이어서 소리쳤다.

"금군들은 어서 어명을 받들라!"

내금위장이 진짜 임금을 보호하며 소리쳤다.

"아무리 그렇다 해도 역도를 겸사복으로 위장할 이유가 도대체 뭡니까? 두건까지 씌울 이유가 따로 있습니까? 금군들은 미동도 말라! 진짜 주상 전하를 확인할 때까지 한 치도 움직이지 말라!"

내금위장을 노려보던 서림이 섬돌에서 사뿐사뿐 내려서며 말했다.

"금군들은 들었느냐? 절대 움직이지 말거라!"

그가 겸사복을 돌아보며 속삭였다.

"금군들은 움직이지 않는다. 너는 움직여도 좋다."

잠시 멈칫했던 겸사복이 몸을 날려 내금위장을 공격하기 시작했다. 칼과 칼이 부딪히며 섬광이 일어났고 겸사복의 칼끝은 걸핏하면 진짜 임금을 노렸다. 내금위장은 임금을 신경 쓰느라 번번이 좋은 기회를 놓치고 말았다. 그 광경을 멀뚱히 지켜만 보던 금군들은 아무도 선뜻 나서지 못했다,

"칼은 겸사복이요, 풍채는 내금위장이라 했다. 그 이유를 몰랐느냐?"

겸사복이 부르짖으며 칼을 하단에서 중단으로 다시 상단으로 크게 회전시켰다. 몸을 굴려 공격을 피한 내금위장이 다시 칼을

고쳐 잡았을 때, 진짜 임금은 무방비 상태로 겸사복 칼끝과 마주해야 했다. 겸사복이 힘차게 칼을 들어 올리자 임금이 눈을 감았다.

"고통은 없을 거요!"

겸사복이 소리치며 칼을 내리치려 했지만 갑자기 그의 몸이 공중으로 붕 떠올랐다. 겸사복 허리를 부여잡아 땅으로 메다꽂은 건 승중이었다. 칼을 놓친 겸사복을 내려다보며 승중이 울부짖었다.

"그만 하십시오! 제발! 전 더는 못하겠으니, 이제 다들 멈추십시오!"

분노한 형조판서가 달려와 겸사복의 칼을 쥐었다. 그가 승중을 베려 팔을 치켜 올렸지만 휘두르진 못했다. 사방이 순식간에 암흑으로 뒤덮였기 때문이다.

근정전 뜰은 남궁두가 만든 커다란 그림자로 덮어씌워져 캄캄해졌다. 그 어둠 속으로 소년 하나가 질주해 임금 곁으로 다가갔다. 균이었다.

"전하! 이리로!"

균은 임금을 이끌어 금군 무리 뒤로 이동했다. 어둠이 천천히 걷히자 금군과 서림 사이로 봉이 걸어 나오며 우렁차게 외쳤다.

"나 사헌부 장령 허봉이다! 궐의 감찰책임자로서 저 가짜 임금을 고발한다! 지금부터 내 허락 없이 칼을 드는 자는 모조리 역도로 참수될 것이다! 어느 누구도 경거망동 말라!"

서림이 봉에게 다가서며 부르짖었다.

"어디 사헌부 장령 따위가 감히 나서느냐? 네 녀석도 역도로구나?"

몸을 돌려 서림을 마주본 봉이 대답했다.

"역도라? 그 얼굴이 근사하긴 하나, 자세히 보면 가짜임이 분명하다! 남을 흉내 내는 인생이 과연 어떻더냐? 네 이놈!"

왕비는 곰곰이 생각에 잠겼다가 천천히 자리에서 일어섰다. 그녀를 올려다보던 초희가 물었다.

"어찌 일어서십니까?"

초희를 물끄러미 내려다보며 왕비가 대답했다.

"지금 급하지 않느냐? 근정전으로 가보려고 이런다."

엉거주춤 따라 일어선 초희가 다시 물었다.

"소녀의 말씀을 믿어주시는 것인지요?"

살짝 한숨을 내쉰 왕비가 말했다.

"내 집안은 서인당이니라. 형조판서가 바로 내 숙부시다."

말없이 왕비를 바라보던 초희가 급히 고개를 숙이며 말했다.

"소녀 진실만을 고했나이다. 충심을 가납하여 주소서!"

초희의 등을 토닥이며 왕비가 말했다.

"어린 것이 참 용감하다. 내 집안이 서인당이라 했지, 내가 서인당이라고 하지는 않았다."

왕비의 깊지만 어딘지 차가운 눈매를 올려다보며 초희가 말했다.

"근정전으로 납시면 곤욕을 치르실 수도 있습니다. 형조판서께서 계시더이다."

길게 탄식한 왕비가 말했다.

"상관하지 않는다. 집안을 일으키라는 아버님 명으로 열네 살에 아무 준비도 없이 궐에 들어왔던 나다. 그동안 숱한 곡절과 풍파를 이겨내며 여기에 이르렀다. 더 이상 두려운 게 없구나. 형조판서가 비록 내 숙부지만, 내겐 그저 주상 전하의 신하 가운데 하나일 뿐이다."

방문을 열게 한 왕비는 성큼 밖으로 나서며 최 상궁을 찾았다. 복도 구석에 있던 최 상궁이 다가오자 왕비가 말했다.

"최 상궁이 큰일 했다. 이 아이는 어리지만 총명하고 신실하구나. 너는 지금 즉시 동궁전으로 가 만일에 대비토록 하라."

"마마! 쇤네 마마님을 따르겠습니다. 불측한 변이라도 생기면 어쩌시려 하십니까?"

"아니다! 동궁이 더 중요하다. 내 몸은 내가 지키겠으니 넌 어서 가거라!"

최 상궁을 동궁으로 보낸 왕비는 앞장서 교태전을 나섰다. 그녀는 근정전에 도착할 때까지 단 한 번도 뒤돌아보지 않았다.

근정전 뜰에서는 서림과 진짜 임금이 서로 진영을 나눠 대치하고 있었고, 그 사이에서 봉이 형조판서와 언쟁을 벌이고 있었다. 왕비를 먼저 발견한 봉이 외쳤다.

"저기 왕비 마마께서 납셨다! 이제 누가 진짜 주상 전하신지 단번에 밝혀주실 것이다!"

왕비는 망설임 없이 서림을 향해 다가갔다. 서림이 조금씩 뒷걸음질 치자 왕비의 걷는 속도도 빨라졌다. 그녀는 서림의 얼굴을 뚫어지게 노려보다 마침내 말했다.

"지금 제 앞에 계신 분께서 전하시라면, 저에게 '이보시게'라고 해보십시오! 음성으로 확인해 보겠습니다."

서림이 천천히 말했다.

"이보시게!"

고개를 끄덕인 왕비가 이번엔 금군 뒤에 있던 임금 쪽으로 걸어갔다. 그녀가 물었다.

"어디 똑같이 말씀해 보시겠습니까?"

임금이 코웃음을 치며 대답했다.

"과인이 언제 중전에게 이보시라고 한 적 있었소? 중전은 중전으로서 체통이 있는 법, 어찌 필부필부처럼 그리 부르겠소?"

왕비가 홱 몸을 돌려 서림을 가리키며 말했다.

"저놈을 당장 체포하라! 주상을 참칭한 역도가 맞다!"

금군들이 일제히 서림에게 달려들자 그 곁에 섰던 겸사복이 앞을 막아섰다. 선두에 선 금군으로부터 칼을 빼앗은 그가 다른 금군들의 어깨를 디디며 왕과 왕비를 향해 돌진했다. 금군들이 방향을 돌렸지만 겸사복의 속도가 훨씬 빨랐다. 그는 왕비를 그대로 지나쳐 왕의 목을 겨냥해 칼을 뻗었다. 간발의 차이로 왕의 몸이 옆으로 넘어졌다.

임금을 밀어뜨린 균이 맨몸으로 겸사복에 맞서며 소리쳤다.

"도사님! 도사님!"

그 순간 겸사복 머리 위로 끈적거리는 검은 덩어리가 쏟아져 내렸다. 덩어리는 겸사복 몸을 휘감고 거세게 빙글빙글 돌기 시작했다. 끝내 정신을 잃은 겸사복이 바닥에 나뒹굴었다.

"도사님! 가짜가 도망갔습니다!"

균이 다시 외쳤다. 검은 덩어리는 근정전을 벗어나 경복궁 위로 높이 솟구쳤다. 사정전 마당에서 벗겨진 용포를 발견한 남궁두가 착지했다. 사정전 안엔 아무도 없었다. 그림자가 된 남궁두가 경회루를 빠르게 일주하고 다시 근정전 위로 돌아왔을 때 옷이 벗겨진 금군 한 명이 뜰 구석에 널브러져 있었다.

힘을 지나치게 한 번에 모아 쓴 남궁두는 지친 채 흐릿한 그림자로 변했다. 그가 균에게 다가가 속삭였다.

"놈이 금군 가운데로 숨어들었다. 나는 부족한 기를 회복해야 하니, 나머지는 네가 처리하거라!"

고개를 끄덕인 균이 봉에게 달려가 말했다.

"형님! 금군 가운데 숨어들었습니다."

"누가?"

"가짜 왕 말입니다!"

봉이 즉시 내금위장에게 다가가 귓속말을 했다. 그때 금군은 형조판서와 승중을 체포하려는 무리와 왕과 왕비를 호위하는 무리로 나눠진 상태였다. 왕비 옆에 서있던 초희가 외쳤다.

"모든 문을 막게 하세요!"

초희를 돌아본 왕비가 물었다,

"누굴 잡으려는 것이냐?"

주먹을 불끈 쥔 초희가 말했다.

"가짜 말입니다! 누구로든 변신할 수 있는 자입니다. 근정전으로 통하는 모든 문을 막고 금군들을 수색하도록 하십시오!"

왕비가 내금위장을 돌아보며 뭐라고 하려 했지만 내금위장이 조금 빨랐다. 그가 외쳤다.

"근정전과 통하는 모든 문을 봉쇄한다! 아무도 혼자 움직이지 마라! 단독으로 움직이는 자가 있으면 즉시 체포한다! 알겠느냐?"

금군들이 신속하게 사방의 문들을 막고 중앙에 도열했다. 내금위장은 여러 번에 걸쳐 점호를 반복한 뒤에 왕과 왕비 쪽으로 다가가 말했다.

"전하! 한 명이 빕니다."

왕의 얼굴이 일그러졌다. 왕비가 비틀대는 왕을 부축하며 내금위장에게 말했다.

"전하께선 쉬셔야 한다. 내금위장은 역도들을 옥에 가두고 동궁전을 살피도록 하라. 아침이 되면 추국청을 열도록 하겠다."

"네! 마마!"

왕비가 초희를 돌아보며 말했다.

"너희 삼남매 공이 특히 크다. 조만간 대궐로 부르겠다."

초희가 말없이 고개를 조아렸다. 침전 방향으로 움직이려던 왕비가 갑자기 초희를 가까이 불러 물었다.

"그런데 그 검은 덩어리가 도사라는 자냐?"

초희가 빙그레 미소 지으며 고개를 끄덕였다. 왕비가 다시 물었다.

"그런 괴력을 지닌 자를 그냥 둬도 되겠느냐?"

초희가 눈빛을 반짝이며 대답했다.

"그림자처럼 살아야 하는 분입니다. 저희 충심을 살펴 너그러이 생각해 주옵소서!"

잠시 망설이던 왕비가 초희 귀에 대고 속삭였다.

"그럼 아무것도 못 본 걸로 하마. 대궐 안 그 누구도 아무것도 못 본 것이다."

환히 웃으며 초희가 말했다.

"망극하옵니다!"

왕이 왕비를 돌아보며 물었다.

"뭘 못 본 걸로 하오? 과인은 분명 검은 덩어리를 본 듯한데?"

왕의 어깨를 다독인 왕비가 속삭였다.

"다 꿈입니다! 다 꿈이려니 하고 부디 잊으십시오."

# 백운대 혈전

금군 하나가 광화문 쪽으로 쏜살같이 뛰었다. 정문을 지키던 수문장이 멈추라고 명령했지만 그는 결코 속도를 줄이지 않았다. 수문장이 외쳤다.

"일개 금군이 어찌 정문을 통과하느냐? 서지 않으면 사살하겠다!"

문득 제 자리에 선 금군이 수문장에게 다가와 말했다.

"어명을 받드는 중입니다! 근정전에 변고가 생겼는데, 못 들으셨습니까?"

상대를 지긋이 노려보던 수문장이 칼을 뽑았다.

"변고가 생겼는데, 왜 도망하는 것이냐? 임금님을 보필해야 되는 것 아니냐?"

마른침을 삼킨 금군이 대답했다.

"좌의정 대감을 모셔오라는 분부셨습니다."

칼을 쥔 손에 힘을 주며 수문장이 물었다.

"좌상 대감 댁을 왜 정문을 통해 가느냐? 가회방 아니냐?"

고개를 비스듬히 숙인 금군이 대답했다.

"아직 의정부에 계시다고 들었습니다만…."

수문장은 금군을 노려보며 오래 생각에 잠겼다. 금군이 다시 말했다.

"한시가 급합니다. 정 못 미더우시면 저랑 함께 가보셔도 좋습니다!"

상대를 한참 뜯어보던 수문장이 천천히 말했다.

"자주 보던 얼굴은 맞구나! 빨리 다녀오너라!"

정문을 지나친 금군은 광화문 왼쪽 의정부 쪽으로 황급히 뛰어갔다.

백운대 서림의 암자에 있던 좌의정은 남궁두가 사라졌다는 보고를 받고 분노했다. 그가 사병 지휘관에게 물었다.

"도대체 언제 사라진 거냐?"

바닥으로 시선을 떨어뜨린 지휘관이 대답했다.

"함께 갇힌 박 주부란 놈 말에 따르면, 이미 한참 됐다고 합니다."

"어떻게 빠져 나갔지? 죽은 박 포교 말대로 진짜 그림자가 될 수 있단 말이냐?"

고개를 갸웃한 지휘관이 망설이다 대답했다.

"그게, 사실인지 알 수 없습니다만, 그렇다고 합니다!"

"다른 포로들을 취조해 보았느냐?"

"말들이 다 다릅니다."

벌떡 일어선 좌의정이 이리저리 서성이며 말했다.

"서림은 왜 이리 늦어지는 게냐? 교지를 보내도 벌써 보냈어야 하지 않느냐?"

따라 일어선 지휘관이 대답했다.

"조금 더 기다려보시면 어떻겠습니까? 정 늦어지면 바로 출병토록 하겠습니다."

고개를 저은 좌의정이 말했다.

"출병이 문제가 아니다! 그 도사란 놈이 어찌 나올지 알 수 없지 않느냐? 또 서림이 실패했다면 우린 독 안에 든 쥐 꼴이 된다!"

한참 고개를 숙이고 있던 좌의정이 다시 입을 뗐다.

"우선 포로들을 모조리 죽여 깊은 골짜기에 파묻거라! 아무도 찾을 수 없도록!"

"그리고 어찌 해야 합니까?"

지휘관을 빤히 바라보며 좌의정이 속삭였다.

"교지가 오지 않는다면, 왕이 보낸 진압군이 도착하겠지? 우릴 몰살시키려 들 것이다."

"끝까지 싸웁니까?"

다시 고개를 세차게 젓던 좌의정이 대답했다.

"미쳤느냐? 살고 봐야 한다."

"어찌 살 수 있습니까?"

눈을 질끈 감은 좌의정이 음산한 목소리로 말했다.

"우선 포로들을 싹 없애면 반역 증거는 사라진다. 사병들은 지방의 각 군영으로 쪼개서 보내 버리면 감쪽같겠지?"

"서림이 있지 않습니까? 병조판서와 형조판서도 함께 체포될 게 뻔합니다."

수염을 쓰다듬으며 좌의정이 속삭였다.

"병판이나 형판은 뻔뻔하기 그지없어 결코 죄를 자복하지 않을 것이다. 게다가 의금부가 우리 원로회 손아귀에 있지 않느냐? 지루하게 심문이 이어지겠지만, 힘없는 왕이 과연 원로회를 상대로 뭘 어쩌겠느냐? 모든 음모를 서림이 혼자 꾸민 것으로 몰고 가면 된다."

"동인당 쪽에서 가만히 있겠습니까?"

"가만히 있지 않을 테니 더 좋다! 조정을 아수라장으로 만들어 어지럽히면, 나중엔 뭐가 옳고 그른지 뒤죽박죽 마구 섞이게 된단 말이다. 마지막에 남는 건, 누가 진짜 힘이 있느냐, 그것 하나

뿐이다."

곰곰이 생각에 잠겨있던 지휘관이 입을 열었다.

"죄를 만들 수도, 없앨 수도 있으시군요? 좌상 대감께선?"

고개를 끄덕이며 배시시 웃던 좌의정이 대답했다.

"그러니 당장 증거가 될 모든 것들을 없애버려야 한다."


혁중과 종사관은 좌포청 병력을 몰고 백운대로 진격했다. 남궁두가 알려준 지형지물을 따라 골짜기로 접어든 그들은 좌의정 사병들의 주둔지 근처에서 행군을 멈췄다. 종사관이 말했다.

"저들의 병력이 상당하다고 들었다. 여기서부터 작전을 펼쳐야 한다."

혁중이 고개를 끄덕이자 포졸 하나가 오라를 가져와 그를 묶기 시작했다. 종사관이 포졸들에게 명령했다.

"의금부 나졸로 변장한 선발대가 먼저 진입한다. 저들을 교란해 방심하게 했을 때 본진이 곧바로 치는 거다! 알겠느냐?"

포졸들이 일제히 대답했다. 종사관은 숭례문 밖 산채에 잡혀 있는 의금부 도사로부터 빼앗아 온 금부도사 복장을 꺼내 갈아입었다. 일부 포졸들도 의금부 나졸들로부터 빼앗은 복장으로 위장하고 대기했다. 종사관이 혁중을 묶은 오라를 손에 쥐고 말했다.

"모두 의심 사지 않도록, 물 흐르듯 자연스럽게 굴어라!"

좌의정의 사병들은 암자로 올라간 지휘관이 돌아오길 기다리다 멀리서 걸어오는 의금부 나졸들을 발견하고 환호성을 질렀다.

"잡아올 놈이 원래 둘 아니었소?"

사병 하나가 의금부 도사로 위장한 종사관에게 다가가며 물었다.

"균이란 놈은 내 칼에 숨졌다. 대감께선 어디 계시지?"

사병이 종사관으로부터 혁중을 묶은 오라를 넘겨받으며 대답했다.

"암자에 계시오. 우리 대장이 올라갔으니 곧 명령을 받아 내려오시겠지!"

천천히 고개를 끄덕인 종사관이 주위를 차분히 둘러보며 병력 상황을 파악했다.

오라를 쥔 사병이 혁중을 데리고 동굴 감옥에 들어가며 소리쳤다.

"새로 포로 하나가 더 왔다!"

초립둥이들은 오라에 묶인 채 사병 뒤를 따르는 혁중을 발견하고 깊은 탄식을 뱉어냈다. 혁중이 말했다.

"기왕이면 벗들과 함께 있고 싶소."

사병이 초립동이들이 갇힌 감옥의 문을 열기 위해 허리춤의 열쇠 꾸러미를 뒤적였다. 혁중이 그 모습을 물끄러미 바라보다 퉁명스레 말했다.

"오라를 좀 풀어주시면 안 됩니까? 밖에 군졸들이 즐비한데 어린 저희가 뭘 어쩔 수 있겠습니까?"

혁중을 가만히 쳐다보던 사병이 오라를 풀어주며 말했다.

"어린 녀석들이 무슨 욕심에 이런 일에 끼어들었느냐? 조용히 있으면 내가 대장한테 선처하자고 부탁은 해보마! 알았지?"

혁중이 고개를 끄덕이며 오라가 다 풀리길 기다렸다. 그 모습을 지켜보던 초립동이들은 혁중의 기세가 전혀 꺾여 있지 않음을 확인하고 조금씩 몸을 움직여 대오를 만들었다. 감옥 문에 달린 자물쇠에 열쇠를 꽂던 사병이 잠깐 혁중에게 등을 보였다. 혁중은 그 틈을 놓치지 않고 사병 목을 손으로 내리쳐 기절시켰다. 동굴 감옥 전체에 깊고 낮은 탄성이 한 차례 휩쓸고 지나갔다.

감옥 밖으로 뛰쳐나온 초립동이들은 지체 없이 족제비 부하들이 갇힌 감옥으로 달려가 문을 열었다. 대부분의 감옥 문이 차례로 열리자 독방에서 우두커니 혼자 앉아 있던 박 주부도 냉큼 밖으로 나섰다. 이상한 낌새를 눈치 챈 사병들 몇이 동굴 안으로 진입했지만 초립둥이들의 발차기에 연달아 나가떨어졌다.

"모두 조용히 움직인다! 무기부터 탈취해야 해!"

혁중이 낮게 소리쳤다. 그때 유일하게 열리지 않은 감옥에서 족제비가 외쳤다.

"쉰네는, 저는 왜 안 풀어주십니까요?"

혁중이 응서에게 열쇠 꾸러미를 던지자 응서가 문을 열어주며 말했다.

"족제비만 나와라!"

족제비가 뛰쳐나가는 걸 멍하니 바라보던 달구가 외쳤다.

"너란 놈 진정 의리라곤 전혀 없느냐? 그래도 한솥밥 먹던 사이 아닌가배? 날 여기 두면 이런 다리로 죽기밖에 더하겠냐? 네 놈 밑으로 들어갈 테니, 제발 살려만다오!"

달구를 바라보며 망설이던 족제비가 응서에게 속삭였다.

"이제 다리도 못 쓰는 놈입니다요. 제가 거둘 테니까 우선 살려만 주시면 안 되겠습니까요?"

달구 얼굴을 노려보던 응서가 대답했다.

"하긴 증인이 많을수록 좋긴 하다. 대신 싸움에 도움은 되지 않으니 어디 숨거라!"

달구가 팔을 사용해 감옥 밖으로 기어 나오더니 동굴 구석 틈을 향해 몸을 비집고 들어갔다.

혁중 일행이 동굴 밖으로 나왔을 때, 의금부 도사로 위장한 종사관과 나졸 복장의 포졸들의 공격이 이미 시작된 뒤였다. 종사관이 인솔한 병력을 의금부 나졸로 알고 방심했던 사병들은 속수무책 승기를 빼앗기고 뿔뿔이 흩어졌다. 일부 병력이 대오를 갖추고 저항을 했지만 곧이어 도착한 좌포청 본진이 그들을 협공했다.

무기를 빼앗은 초립둥이들이 여기저기 출몰하며 포졸들을 돕자 사병들은 아예 무기를 버리고 도주하기 시작했다. 상황을 정리한 종사관과 혁중은 산 위의 암자를 향해 뛰었다. 한참을 앞서 뛰던 종사관은 암자로부터 내려오던 사병 지휘관과 정면으로 맞닥트렸다. 멈칫한 지휘관이 칼을 뽑고 주변을 살피며 물었다.

"의금부 소속이냐? 아래에서 기다리지 않고 왜 올라오는 거지?"

잠시 숨을 몰아쉰 종사관이 태연한 표정으로 대답했다.

"대감께 보고할 일이 있소이다."

지휘관이 의심 가득한 눈빛으로 종사관을 향해 다가왔다.

"산채에서 어린 녀석들은 잡아왔느냐?"

고개를 끄덕인 종사관이 칼집으로 손을 가져가자 지휘관이 걸음을 멈추고 다시 물었다.

"네 복장을 보아하니 의금부 도사 아니냐? 내가 아는 얼굴이 아닌데?"

싱긋 웃은 종사관이 칼을 뽑으며 대답했다.

"좌포청 종사관 임달충이다! 칼을 버려라!"

지휘관이 오히려 칼을 고쳐 쥐며 말했다.

"높은 곳에 있는 건 난데 왜 칼을 버리지? 검술의 기본도 모르느냐?"

종사관이 대담하게 지휘관이 쥔 칼의 공격 범위 안으로 들어서며 속삭였다.

"꼭 칼로만 싸우란 법이 있느냐?"

지휘관이 등 쪽에서 인기척을 느끼고 소스라치게 놀라며 몸을 돌렸지만, 혁중의 발은 이미 그를 향해 날아오고 있었다. 산비탈로 떼굴떼굴 구르던 지휘관의 몸은 큰 바위와 부딪치고 나서야 멈췄다.

좌의정 강자량은 종사관 손에 이끌려 암자 밖으로 끌려나왔다. 사방은 이미 깊은 어둠에 잠겨 있었다. 기다리고 있던 혁중과 눈이 마주치자 그가 이를 갈며 외쳤다.

"끝내 천륜을 저버리느냐? 오냐, 좋다! 임금이 과연 나보다 센지 어디 두고 보자!"

혁중이 목청을 돋워 소리쳤다.

"지난 번 마지막으로 호부호형을 허락해 주십사 부탁했던 걸 이미 잊으셨습니까?"

"그 뒤로 우린 남이다? 그 소리냐?"

"그렇습니다. 쇤네는 더 이상 대감의 자식이 아닙니다."

"그럼 누구 자식이냐? 네 녀석은 내가 노비와 실수하여 낳은 얼자일 뿐이다!"

잠시 말을 잃은 혁중의 입술이 부르르 떨렸다.

"제가 서자도 아니고 얼자였습니까? 그랬군요! 그래서 그리 모질게 구신 거로군요? 하긴 이제 와서 그게 무슨 상관이겠습니까?"

노기로 눈썹을 떨며 좌의정이 소리쳤다.

"춘섬이란 계집종이었지. 내가 그깟 미천한 것한테 홀릴 줄 어찌 알았겠느냐? 두고두고 후회스럽더니, 결국 너 같은 화근덩어리를 낳고 떠났구나!"

혁중은 동상처럼 얼어붙어 몸을 떨고만 있었다. 좌의정이 다시 외쳤다.

"춘섬이 신분이 평민만 됐더라도, 내 어찌 혼자 죽도록 버려두었겠느냐? 상것도 못 되는 천하디 천한 노비였다! 네 어미 말이다!"

참다못한 종사관이 좌의정의 옆구리 급소를 눌러 쓰러뜨리며 말했다.

"입을 다무십시오. 서자도 얼자도 다 사람입니다."

숨을 몰아쉬며 고꾸라져있던 좌의정이 앓는 소리로 물었다.

"네놈 소속이 어디냐? 내 기필코 앙갚음 하고야 말리라!"

종사관이 좌의정을 일으켜 세우며 대답했다.

"좌포청 종사관 임달충이라 합니다. 세상은 저희 집안을 동인당이라 하지만, 뭐 전 상관하지 않습니다. 동인이든 서인이든 모시는 임금님은 같은 분이십니다. 망령된 말씀 그만 하시고 어서 내려갑시다!"

좌의정이 혁중을 노려보며 속삭였다.

"이래서 출생이 중요한 거다. 평민 소생인 서자가 그래서 노비 소생인 얼자보단 그나마 나은 것이야. 이놈! 배은망덕한 놈!"

크게 한숨을 내쉰 혁중이 말없이 돌아서서 먼저 산을 내려가기 시작했다. 등불을 든 그는 종사관과 산 아래 숙영지에 이를 때까지 단 한 마디도 꺼내지 않았다. 숙영지에 도착하자 좌의정의 사병 대부분이 이미 동굴 감옥에 갇힌 상태였다. 종사관이 말했다.

"우린 이곳에서 머물며 어명을 기다린다!"

좌의정은 포졸들에 의해 동굴 감옥으로 끌려갔다. 갇혀 있던 사병들의 우울한 눈빛을 마주한 그는 갑자기 대성통곡하기 시작했다. 좌의정은 사병들 무리가 갇혀 있는 감옥 옆 독방에 따로 넣어졌다. 갇힌 사병 하나가 말했다.

"날던 새도 대감 이름을 들으면 떨어진다 하지 않았소? 대체 이게 뭐요?"

다른 사병이 입을 열었다.

"우린 개죽음하기 싫소! 다 대감이 시켜서 한 짓 아니냔 말이지? 안 그런가? 우리가 동인이 뭔지 서인이 뭔지 알 게 뭐람? 우리 다 살고 봅시다!"

사병들이 아우성치자 감옥 구석으로 옮겨 앉은 좌의정이 속삭였다.

"조정 전체가 내 사람들로 채워져 있다. 난 이렇게 끝나지 않는다."

그때 감옥 바닥을 천천히 기는 소리가 들려왔다. 좌의정이 있는 감옥 기둥을 부여잡고 몸을 가까스로 일으킨 달구가 좌의정 얼굴에 침을 뱉고 소리쳤다.

"입은 아직 좌의정이냐? 이 살인마 얘기 듣지들 마서! 알간? 사람을 물건처럼 부리다 마소처럼 죽이는 위인이 아닌가배? 고 직장이며 게사며 돈은 밝혔지만 너보단 다 제법 괜찮은 축들이었어! 우스워보여도 가족이 있었단 말이지! 가족 밥줄을 끊는 놈은 하늘도 버리는 법이야! 에끼! 고얀 놈 같으니!"

혁중은 종사관과 숙영지 마당에 화톳불을 밝혀 놓고 깊은 밤까지 잠들지 못했다. 종사관이 물었다.

"친모 얼굴도 기억 못하는 거냐?"

혁중이 말없이 고개를 끄덕이고 밤하늘을 올려다보았다. 수많은 별들이 당장이라도 쏟아져 내릴 듯 반짝이고 있었다. 하늘의 별들에도 신분이 있을까 생각하며 잠시 눈을 감은 그의 볼에 한 줄기 눈물이 주르륵 흘러내렸다.

"내게도 얼자 동생이 한 명 있다. 어렸을 때부터 날 몹시 따랐지. 그 녀석이나 나나 공부엔 재주가 없어 무과를 준비했단다."

종사관 쪽으로 비스듬히 머리를 돌린 혁중이 물었다.

"지금 뭘 하고 계십니까? 그 동생분께선?"

팔짱을 낀 종사관이 조용히 대답했다.

"무예가 뛰어나 궁궐을 지키는 금군으로 있다. 우림위 소속이다."

혁중이 희미하게 미소 지었다. 종사관이 다시 입을 열었다.

"허봉 장령께선 강직하시고, 뭐랄까 참 좋은 분이시다. 비록 친형은 아니더라도 앞으로 의지할 수 있지 않겠느냐?"

혁중이 다시 말없이 미소 지었다. 종사관이 또 말했다.

"내 이름은 달충이다. 임달충! 힘들 때 좌포청을 찾아라."

달충의 말이 그칠 쯤 숙영지 입구를 지키던 초병들이 누군가를 데리고 다가왔다. 먼저 화톳불 앞에 도착한 초병이 서둘러 말했다.

"한양에서 금군 하나가 도착했습니다."

벌떡 일어선 달충이 물었다.

"허 장령께서 보내신 금군이냐?"

잠시 망설이던 초병이 대답했다.

"그게 정확치가 않습니다. 처음엔 저희보고 좌의정 대감에 대해 묻더니, 조금씩 말이 바뀌었습니다."

"말이 바뀌어?"

"저희가 좌포청 소속이라 했더니, 이쪽을 찾는군요."

초병이 혁중을 가리켰다. 혁중이 천천히 몸을 일으키며 다른 초병과 함께 다가오는 금군 쪽을 바라봤다. 먼저 도착했던 초병이 혼잣말로 속삭였다.

"아까보다 키가 작아진 것 같은데?"

금군이 화톳불 앞으로 다가서자 얼굴이 비로소 환히 드러났다. 균이었다.

"혁중아! 해냈구나!"

혁중을 얼싸안은 균이 반갑게 말했다. 혁중이 얼결에 물었다.

"대궐은 어떻게 됐어?"

포옹을 푼 균이 달충을 힐끗 보더니 대답했다.

"역도들을 모조리 잡아들였어. 이제 안심해도 돼."

균의 표정을 살피던 혁중이 조용히 다시 물었다.

"초희는?"

이마를 살짝 찡그린 균이 피곤하다는 듯 대답했다.

"너무 경황이 없었어. 우선 조금 자야겠어! 내일 아침 자세히 말해줄게!"

균이 숙영지를 둘러보다 눈에 띈 막사를 향해 걸음을 옮기려 했다. 혁중이 그의 뒤로 따라붙으며 다시 물었다.

"초희 소식을 전하려 달려온 게 아니었어?"

발걸음을 멈춘 균이 몸을 돌리고 웃으며 대답했다.

"초희는 무사해. 쉬지 않고 말을 몰았더니 지금 나 쓰러질 것 같다."

다시 몸을 돌려 막사를 향하는 균을 물끄러미 바라보던 혁중이 달충에게 말했다.

"균이 아닙니다."

곧바로 칼을 빼든 달충이 균으로 변신한 서림의 등을 향해 내달렸다. 공격을 눈치 챈 서림은 빠른 속도로 암자를 향해 뛰기 시작했다. 뛰는 도중에 그의 모습은 여러 다른 사람들로 바뀌기를 거듭했다. 서림은 자신이 생존하기 가장 좋은 몸을 찾기 위해 안간힘을 썼다. 그는 마침내 달충의 모습을 흉내 내기로 결심했다. 마침 어두운 밤에는 금군 복장과 의금부 도사 복장은 서로 구별하기 어려웠다.

  모자를 벗어던진 두 명의 달충은 암자로 올라가는 샛길 입구에서 맞붙었다. 누가 진짜 달충인지 알 수 없었던 혁중과 포졸들은 그저 그 광경을 바라볼 수밖에 없었다. 종사관인 달충의 검술은 예사롭지 않았지만, 임금을 모시던 내관 출신 서림의 무공도 보통은 넘어선 수준이었다. 둘이 휘두르는 칼은 쉼 없이 어둠을 가르며 상대의 목숨을 노렸다.

  승부는 한쪽이 칼을 놓치며 결정됐다. 칼을 놓친 달충이 포졸들을 향해 소리쳤다.

"당장 이놈을 사살하라!"

상대 가슴에 칼을 겨눈 달충 역시 소리쳤다.

"이놈이 역도다! 횃불을 가져와라! 자세히 살피면 알 일이다!"

혁중이 한 포졸이 든 활과 화살을 뺏어 둘을 겨누며 물었다.

"우리가 조금 전 나누던 얘길 기억하십니까?"

칼을 뺏긴 달충이 외쳤다.

"얼자 얘기 아니냐? 뭘 망설이느냐? 당장 쏴라!"

혁중이 칼을 든 달충을 겨냥한 뒤 시위를 힘차게 당겼다 놓았다. 화살은 밤공기를 가르며 빠르게 날아가 서림의 목을 꿰뚫었다. 포졸들이 횃불을 가져와 쓰러진 서림을 비추자 여러 다른 얼굴들이 조각조각 결합된 기괴한 얼굴이 드러났다.

# 홍길동의 탄생

조정엔 추국청이 차려지고 임금은 몸소 친국을 했다. 형조판서와 병조판서를 비롯해 반역에 가담했던 신하들은 법률에 따라 사형에 처해졌다. 서림의 암자 아래 숙영지에 주둔했던 좌의정의 사병들은 죄의 가볍고 무거움을 잰 뒤 징역을 보내거나 더러는 무죄로 풀어주기도 했다. 원로회 조직은 끝내 일망타진되지 않았다. 소심한 임금은 그저 동인과 서인의 화해를 강조했을 뿐이었다.

문제는 반역의 수괴 좌의정이었다. 임금은 자신을 죽이려 한 검사복은 군기감 앞에서 사지를 찢어 죽이는 거열형에 처했지만, 그로부터 자신을 구해준 승중에겐 무슨 처분을 내려야할지 몰라 망설였다. 자신의 안위에 몹시 민감했던 임금은 승중을 충신의 모범 사례로 선전하고 싶어 했는데, 그 아비인 좌의정의 죄만큼은 가혹하게 묻지 않을 수도 없었다. 아버지와 아들로서 두 사람의 죄는 연좌되어 있었다.

임금의 고민을 풀어준 건 왕비였다. 왕비는 내금위장과 금군 그리고 좌포청 종사관과 포졸들 이외 다른 어느 누구에게도 공식적으로 상을 내리지 말아달라고 왕에게 간곡히 부탁했다. 공로와 함께 그들의 허물도 드러날 것이기 때문이었다. 그녀는 초희와의 약속을 그렇게 지켰다.

왕비의 숙부인 형조판서를 처형한 임금은 왕비에게 미안한 마음을 갖고 있었다. 그는 왕비의 요청에 따라 허봉 삼남매와 남궁두의 공을 아무도 모르게 덮는 대신, 균과 혁중 등이 가담한 무륜당에 대해서 특별히 눈감아주기로 결심했다. 덕분에 족제비 조직도 살아남았다.

"혁중이의 공을 생각해보세요. 그 아이도 좌의정의 자식입니다."

왕비는 좌의정의 처분을 놓고 고민하는 왕에게 슬쩍 이렇게 말을 건넸다. 왕은 무릎을 쳤다.

"그렇구려! 그런 묘수가 있었구려!"

추국을 끝내는 마지막 날, 임금은 좌의정을 향해 다음처럼 소리쳤다.

"내 너를 반드시 죽여 청사에 길이 교훈으로 남겨야 할 것이나, 아들 승중과 혁중의 공 또한 전혀 무시할 순 없다! 특히 혁중은 너의 혈육이면서도 과인을 위해 온몸을 바쳐 충성했다! 그런데 혁중은 얼자다. 따로 벼슬을 내려주거나 신분을 올려주기를 바라지도 않고 있다. 게다가 승중은 끝내 마음을 돌려 과인의 목숨을 구한 바도 있다. 이 모두를 참작하여 그에 걸맞은 형벌을 정했으니, 앞으로 그 누구도 토를 달지 말라!"

임금은 좌의정을 서해바다 먼 외딴 섬으로 귀양 보냈다. 죽을 때까지 뭍에 발을 디딜 수 없다는 단서 조항도 달았다. 한편 승중은 그런 아비 곁에서 십 년을 지낸 뒤 뭍으로 돌아오는 걸 허락받았다.

"잘 하셨어요! 날 좋은 어느 날 초희와 그 형제들을 경회루로 부를래요."

왕비가 추국청을 해산하고 돌아온 왕에게 속삭였다.

"초희라는 아이가 맘에 드시오?"

왕이 물었다.

"그럼요! 똑똑하고 겸손한 데다 마음이 곱습니다. 어디 좋은 가문에 중매라도 설까 합니다."

왕비가 유난히 청명한 하늘을 올려다보며 대답했다.

좌의정 부자는 죄인을 싣는 수레인 함거에 태워져 양화진까지 이동했다. 양화진 나루에서 섬으로 떠나는 배에 실릴 예정이었다. 죄인들이 배에 오르기 직전, 좌의정은 침침한 눈으로 다시는 못 볼 세상 풍경을 마지막으로 휘 둘러보았다. 그의 눈에 저 멀리 익숙한 모습 하나가 들어왔다. 자신을 향해 엎드려 절을 하고 있는 혁중이었다. 잠시 걸음을 멈췄던 그는 승중의 등을 떠밀며 서둘러 배에 올랐다.

강자량의 본명은 홍문이었다. 자량이란 이름은 아버지였던 이조판서 강성립이 장안에서 제일 용하다는 점쟁이 말을 듣고 고쳐준 이름이었다. 그만큼 성립은 아들에 대한 기대가 자못 컸다. 오직 아버지의 지나친 야심만 바라보며 어린 시절을 보낸 자량은 점점 커지는 아버지의 기대에 제대로 맞추기 힘들었다. 그는 차츰 삐뚤어져 술과 여자에 빠져들었다.

몹시 화가 난 성립은 어느 날 저녁 아들을 마당에 묶어 놓고 모질게 매질했다. 단단한 물푸레나무 회초리가 여러 개 동강날 지경이었다. 피투성이가 돼 쓰러진 아들을 향해 성립은 충격적인 말을 했다.

"우리 집안은 고려 때 노비였다! 노비인 조상이 이 왕조의 개국공신에 올라 오늘에 이르렀다! 그분이 얼마나 힘들었겠느냐? 얼마나 많은 사람을 죽이고 이 자리를 차지했겠느냐? 지금 주변에 대놓고 강 씨 집안을 무시하는 자가 있더냐? 아무도 없다. 하지만 누군가는 수군대고 있을 것이야. 저놈 노비 혈통이라고 손가락질하고 있겠지! 난 아직 그 소리에 밤잠을 설친다. 이놈아! 제발 정신 차리거라! 버젓한 양반으로 살기가 얼마나 힘든 줄 아느냐?"

그날 이후로 자량은 이부자리에 오줌을 지리기 시작했다. 빨래하는 종들이 그런 그를 오줌싸개라 놀리자 자량은 불면증에 걸렸다. 잠을 설치는 밤이면 그는 본인 뜻과 무관하게 책을 읽으며 시간을 견뎌야했다. 그는 아버지에 대한 공포와 자신에 대한 지독한 열등감으로 공부에 매진했다.

자량이 문과에 급제해 누구나 요직으로 탐내는 홍문관에 들어갔을 때, 선배들이 후배를 다루는 신귀례가 운종가 주점에서 열렸다. 갓 관직에 들어온 신참은 새로 온 귀신이란 뜻인 '신귀'로 불렸는데, 그날 밤 자량은 귀신의 참뜻을 선배들에게 톡톡히 알려줬다. 진즉 어린 나이에 술과 여자를 깨친 그는 무도하고 방자하기가 이를 데 없었다. 아무도 그의 폭주를 막지 못했다.

다음날 홍문관에 출근한 그에게 선배들은 감히 말을 섞지 못했다. 힘의 우열이 갈린 뒤였기 때문이다. 이조판서를 아비로 둔 데다 잔인하고 머리까지 좋은 자량은 누가 봐도 미래의 권력자였다. 그는 자신이 가진 힘의 소중함과 놀라운 위력을 뼛속깊이 느꼈다. 그날부터 그는 다시는 이부자리에 오줌을 지리지 않았다.

자량은 아버지의 제안에 따라 우의정 집안의 딸과 혼인했다. 아내 될 사람의 미모는 별로였지만, 서인당의 우두머리였던 영의정 집안의 사위가 된다는 건 크나큰 혜택을 약속받는 일이었다. 그는 승승장구하며 서인당의 중심으로 파고들 수 있었다. 누가 봐도 그는 다음 시대 서인당의 영수였다.

아들 승중이 태어나던 해, 그를 그토록 괴롭혔던 아버지 성립이 죽었다. 그는 이상하게 무덤덤했다. 슬픔을 가장하기 위해 소리 내어 통곡도 해 봤지만 별 쓸모가 없었다. 문상객들이 주는 술을 넙죽넙죽 받아마시던 그는 몹시 취했고, 소피를 보러 측간으로 가다가 법도를 중시하는 외가 친지들이 혀를 끌끌 차는 소리를 들었다. 이상한 분노가 치밀었다.

자량의 어미는 조선의 내로라하는 학자 집안의 딸이었다. 성리학으로 무장한 외가붙이들은 입만 열면 천리니 도니 떠들었지만, 실은 지독한 속물들이기도 했다. 그들은 아버지 성립의 권세에 빌붙어 관직에 올랐고 남몰래 재물도 크게 불렸다. 그런 외가 식구들을 감싸고 돕는 것이 어미의 주된 일이었다. 그녀는 아들보다 자신의 가문을 빛내는 데에 더 열중했다.

외가 친지들과 측간 앞에서 시비가 붙은 자량은 외사촌들을 때려눕히고 기방으로 줄행랑을 놓았다. 서인당 젊은 친구들을 불러 모은 그는 밤새도록 춤추고 노래했다. 그날 이후 자량은 모친과 서먹해져 아침 인사를 거르기 일쑤였고, 출세의 사다리를 오르면 오를수록 관계는 멀어져만 가다 마침내 같은 집에 살면서도 서로 발길을 끊게 됐다. 철저히 외톨이가 된 그는 차츰 죽은 성립을 닮아갔다.

자량이 승중을 교육한 방식은 성립을 꼭 빼닮았다. 잔인하고 혹독하며 매정했다. 그는 예전의 자신처럼 주눅든 승중의 표정을 볼 때면 더욱 끓어오르는 분노를 삭일 수 없었다. 자량은 과거의 자신을 때리듯 승중을 때리고 욕했다.

춘섬은 그렇게 황폐한 삶을 살던 자량에게 어느 날 갑자기 나타났다. 강원도 산골에서 팔려온 계집종이었던 춘섬은 그의 이부자리와 아침과 저녁 세수 수발을 들었다. 나이는 갓 열여섯이었다. 건강하고 씩씩한 춘섬은 모든 일에 부지런했고 항상 명랑했다. 그건 자량이 가지지 못한 미덕이었다.

춘섬은 나이어린 종이었지만 자신이 모시는 자량의 내면을 금방 읽어냈다. 그녀는 소심한 자량이 아들을 혼내고 스스로를 자책할 때마다 곁에서 함께 얘기를 나눠줬다. 비록 철없는 농담이었지만 그녀가 하는 실없는 말들은 기이하게도 자량에겐 큰 위안이 됐다. 그렇게 둘은 비밀스런 동지가 됐고 결국 혁중이 태어났다.

혁중을 임신한 춘섬은 성리학 이념으로 똘똘 뭉쳐진 자량의 어머니와 독선적이었던 그의 정실 아내의 심기를 동시에 뒤흔들어 놓았다. 자신이 머무는 안채에서 아들이 지내는 본채로 오랜만에 힘든 걸음을 한 어머니는 정실 아내와 의기투합해 춘섬을 구박하기 시작했다. 그녀들의 핍박은 도를 더해가다 마침내 춘섬으로 하여금 조산까지 하도록 만들었다. 힘들게 혁중을 낳던 춘섬은 헛간에서 혼자 죽었다.

자량은 어머니와 아내의 잔인함에 치를 떨었지만 세상의 소문에도 신경 써야 했고, 무엇보다 말 많은 외가와 여전히 조정에 세력이 컸던 처가 눈치도 보지 않을 수 없었다. 그는 춘섬이 헛간에서 홀로 아기를 낳는다는 사실을 알면서도 일부러 늦게 퇴근했다. 집안 중문을 들어서던 그는 춘섬이 무사히 아이를 낳고 살아 있길 간절히 바라면서도, 다른 한편으론 골칫덩이가 될 춘섬과 아기 모두 죽었기를 기대했다.

춘섬의 시신을 태워 강물에 뿌린 자량은 갓 태어난 혁중을 품에 안고 딱 한 번 울었다. 그는 서둘러 어머니와 아내를 자기 방으로 불렀다. 평소 짓지 않던 비장한 표정으로 그가 말했다.

"두 분은 얼자인 이 아이를 그저 손 놓고 방관하시면 됩니다. 아이는 다른 종들이 잘 키워줄 겁니다. 대신, 어머님께선 앞으로 어떤 간섭도 하지 마십시오! 특히 부인은 명심하길 바라오! 그냥 무관심하게 놔두고 제가 서자인 줄 알고 크도록 버려 두시오! 나 역시 한 줌의 정도 주지 않은 채 그저 먹여주고 재워주기만 하겠소!"

　자량의 선포 덕분인지 어린 혁중은 별 고초를 겪지 않고 서자로서 무럭무럭 자랐다. 아무도 그에게 이래라저래라 간섭하지 않았고, 그렇다고 특별한 관심도 주지 않았다. 춘섬의 낙천적 기질을 물려받은 혁중은 오히려 그런 자유가 좋았다. 그는 적자인 승중과도 썩 잘 어울려 둘은 여느 형제처럼 티격태격 다투며 사이좋게 성장했다.

　문제가 불거진 건 형제가 과거 공부를 시작하려 할 무렵이었다. 승중은 체격이 크고 힘도 셌지만 이상하리만치 공부 재주는 없었다. 머리가 비상한 건 혁중이었다. 그는 승중이 읽던 책을 슬쩍 건너다봐도 금방 그 내용을 이해했고, 마음만 먹으면 몽땅 외워 버릴 수도 있었다. 키는 형보다 작았지만 날렵했고, 외모도 준수해 집안 계집종들의 선망의 대상이 됐다. 누가 봐도 혁중이 승중보다 뛰어났다.

　자량은 적자가 얼자에게 뒤처지는 꼴을 용납할 수 없었다. 그는 글공부에서 철저히 혁중을 배제시키도록 했고, 더 이상 아울러 놀지 못하도록 둘이 자는 방을 멀리 떼어 놓았다. 혁중이 실수로라도 승중을 형이라 부르면 모진 매질도 서슴지 않았다. 서자의 한을 비로소 깨닫게 된 혁중은 그 뒤로 밖으로만 돌다가 다른 서자들과 어울려 멋대로 살기 시작했다.

운종가 시장을 나란히 걸으며 혁중의 지난 시절에 대해 듣던 초희가 갑자기 걸음을 멈추고 말했다.
"나 결심했어!"
혁중이 의아한 표정으로 그녀를 바라봤다.
"뭘?"
자신보다 조금 작은 혁중을 내려다보며 초희가 속삭였다.
"널 책임질게!"
혁중이 한숨을 내쉬고 앞서 걸으며 말했다.
"그럴 필요 없어. 난 이제 무륜당의 패두거든."
혁중 뒤로 따라붙으며 초희가 물었다.
"균이가 양보한대?"
고개를 끄덕인 혁중이 대답했다.
"균인 이제 과거 공부도 해야 되잖아? 나 같은 서얼과는 삶이 다르지."
둘은 말없이 한참을 걷기만 했다. 족제비의 사무소가 나타나자 혁중이 힘차게 말했다.
"패두니까 여기도 이제 내가 관리해야 해! 바쁘다고! 그깟 책이나 읽으면서 살 생각 애초부터 없었어!"

사무소 입구로 들어서자 그를 발견한 족제비가 진짜 족제비처럼 잽싸게 튀어나오며 외쳤다.

"어서 오십쇼! 여긴 아무 문제도 없습니다요! 암요! 초희 아가씬 여전히 아름다우시네요! 네네!"

사무소 입구 문간 마루에 앉아있던 달구가 심드렁하게 인사했다.

"두 사람 참 잘 어울린단 말이지! 하늘이 참 공평하지 않아. 이 달구에겐 도대체 뭘 줬단 말인가? 어이, 족제비! 넌 그런 깊은 생각은 해보지도 않았지? 스스로 바보라는 건 알간?"

족제비와 달구가 입씨름하는 모습을 바라보던 초희가 혁중의 손을 살짝 움켜쥐더니 종묘 방향으로 빠르게 걷기 시작했다. 혁중이 물었다.

"어딜 가는 거야?"

앞만 보며 걷던 초희가 대답했다.

"종묘에 들러 우리 서로 약조를 하자!"

"무슨 약조?"

"몰라 물어?"

"몰라서 묻는 거야."

"서로 부부가 되기로! 돌아가신 임금님들 영혼 앞에서 약조를 하자 이거지."

좁은 장터 골목을 비집고 걷던 두 사람은 차츰 어깨가 서로 맞닿더니 붐비는 시장 인파 사이로 모습을 감췄다.

숭례문 밖 산채에 모인 초립둥이들 앞에 선 균이 비장한 말투로 입을 열었다.

"임금이 우리 정체를 눈치 챘다! 이제 무륜당은 당분간 세상에서 사라진다! 배오개 장터는 지키되, 각자 자신의 집에서 자중한다!"

구석에 있던 남궁두를 바라본 균이 다시 말했다.

"도사님께서는 한양을 잠시 떠나 계실 거다!"

균 옆으로 다가온 남궁두가 말했다.

"나를 따르는 자라면 얼마든 받아주겠다. 산천을 떠돌며 세상 넓은 것을 배운다면, 너희 나이에 오죽 좋은 일이냐? 누구든 나서거라!"

균이 고개를 젓고 말했다.

"아닙니다! 도사님을 따르며 새로운 삶을 준비할 사람은 이미 정해졌습니다."

"그래? 누구더냐?"

균이 혁중을 가리키며 말했다.

"혁중이가 도사님을 따릅니다! 어차피 혁중인 가문과 완전히 인연을 끊고 집을 나왔습니다. 도사님을 모시고 세상을 이리저리 떠돌며 무예도 연마하고, 진정한 무륜당 패두로 거듭날 것입니다."

응서가 물었다.

"우두머리가 바뀌는 거냐?"

고개를 끄덕인 균이 대답했다.

"언젠가 혁중이 한양으로 돌아오면, 이제 그가 우리 패두다!"

초립둥이들이 새로운 패두의 이름을 외치자 혁중이 앞으로 나서며 입을 열었다.

"도사님께 많은 걸 배우고 돌아오겠다. 초희가 걱정이긴 한데, 모두들 잘 지켜 주리라 믿는다."

초립둥이들이 이번엔 초희의 이름을 외치기 시작했다. 균이 손을 저어 모두를 조용히 시키고 말했다.

"무륜당의 새 패두가 될 혁중이에게 새로운 성과 이름을 주려 한다."

균에게 다가선 혁중이 미소 지으며 말했다.

"새로운 삶엔 새로운 성과 이름이 어울릴 것도 같다. 기꺼이 그 성과 이름으로 살고자 한다."

잠시 숨을 고른 균이 소리쳤다.

"혁중이의 새로운 성명은 홍길동이다! 잘 알려진 옛 도적의 성과 이름이지만, 뭐 어떠냐? 천하제일의 의적이 되어 보는 거다."

초립동이들이 '홍길동'을 연호하자 비로소 웃음기를 떤 균이 속삭였다.

"난 우리 가운데 유일하게 과거에 응시할 수 있으니, 이젠 공부에 전념할 것이다. 가급적 높은 관직까지 올라 너희들과 함께 새로운 세상을 만들어 보겠다!"

그날따라 산채의 시간은 느리게 흘렀고, 밤늦도록 두런대는 얘기 소리가 끊이지 않았다. 그렇게 누군가를 만난다는 건 다른 세계 하나가 열리는 것이다.

## 활빈 1 — 무릎당과 그림자 인간

등록 1994.7.1 제1-1071
초판 1쇄 발행 2025년 11월 20일

지은이 　　윤채근
펴낸이 　　박길수
편집장 　　소경희
편집·디자인 　조영준
관　리　　위현정
펴낸곳 　　도서출판 모시는사람들
　　　　　03147 서울시 종로구 삼일대로 457(경운동 수운회관) 1306호
전　화　　02-735-7173 / 팩스 02-730-7173
홈페이지　http://www.mosinsaram.com/

인　쇄　　피오디북(031-955-8100)
배　본　　문화유통북스(031-937-6100)

값은 뒤표지에 있습니다.
ISBN　　979-11-6629-248-4　　04810
ISBN(세트) 979-11-6629-247-7　　04810

* 잘못된 책은 바꿔드립니다.
* 이 책의 전부 또는 일부 내용을 재사용하려면 사전에 저작권자와
　도서출판 모시는사람들의 동의를 받아야 합니다.